author
kimimaro
illust.もきゅ
家で無能と
言われ続けた俺ですが、
世界的には
超有能
だったようです

character

ノア

五人の姉に厳しく
育てられてきた少年。
姉の指導に嫌気がさし、
家を出て冒険者に
なることを決意する。

アエリア

五人姉妹の長女。
大陸屈指の大商会
フィオーレを率いる
大商人。

ライザ

五人姉妹の次女。
「剣聖」の称号で知られる、
当代最強の剣士。

character

ファム

五人姉妹の三女。
大陸最大の宗教組織、
聖十字教団の
トップである聖女。

シエル

五人姉妹の四女。
賢者の称号を持つ
凄腕の魔導士。

エクレシア

五人姉妹の五女。
天才的な才能をもつ、
大陸でもっとも有名な
芸術家の一人。

「あ、あなたは何者ですか⁉」
「これぜんぶ、上位種のものじゃないですか！」

「よかろう。修行の成果、見せてみろ！」

contents

家で無能と言われ続けた俺ですが、世界的には超有能だったようです

kimimaro

GA文庫

カバー・口絵　本文イラスト
もきゅ

プロローグ

弟、家を出る

「また一撃か……」

日課となっている練習試合。

いつものように俺《おれ》を叩きのめしたライザ姉さんは、心底うんざりした様子でため息をついた。

「ノア。お前が剣術の鍛錬《たんれん》を始めてから、もう何年になる？」

「……三年になります」

「それだけの間、私に師事しながらどうしてそこまで弱いのだ？　もはや、才能がないことが才能だな」

「うっ……！　俺だって努力はしてる……」

「言い訳するな！」

——ゴツンッ！

容赦のない鉄拳が俺の額に炸裂《さくれつ》した。

たまらず頭を抱えた俺に、姉さんはますます声を大きくして怒鳴る。

「口ばかり達者になりおって。お前は根性が足りないから弱いんだ！」

「根性根性って、ライザ姉さんはいつもそれだ！　何を聞いても『根性で何とかしろ』だろう！　それじゃ、何をどうすればいいかわからないよ！」

「お前、剣聖である私の指導にケチをつける気か！」

――ガンッ、ガンッ!!

今度は蹴《け》りを入れてくるライザ姉さん。

もはや、単に苛立《いらだ》ちをぶつけてきているとしか思えなかった。

最低限の手加減はしてくれているようだが、それにしたってやりすぎだ。

「もういい、やはり無能なお前に剣は無理だ。剣で身を立てることなど諦《あきら》めて、家でおとなしくしていろ」

「姉さん！　俺は……！」

「しつこい！　忙しい私が直々に時間を割いてやったのだ、それだけでもありがたいと思え！」

俺の手を払いのけると、ライザ姉さんはそのまま立ち去ってしまった。

取り残された形となった俺は、ひとり呆然《ぼうぜん》と立ち尽くす。

前はここまでひどくはなかったんだけどな……。

少なくとも、蹴飛《けと》ばしてくるようなことはなかった。

ちょうど、いつか冒険者になりたいと言い始めた頃からだっただろうか。

姉さんの指導が急に過激になり、ことあるごとに暴力を振るうようになった。

そして二言目には『お前には才能がない、家を出るのは無理だ』と言うのだ。

「あんた、またライザ姉さんを怒らせたの？」

「シエル姉さん……」

いつの間にか、シエル姉さんが俺の後ろに立っていた。

彼女は愛用の杖《つえ》にもたれかかると、愉《たの》しげな笑みを浮かべて言う。

「剣術は潔《いさぎよ》く諦めて、魔術師にでもなったら？」

「俺に魔術の才能はないって、シエル姉さん自身が前に言っただろう？」

「ああ、そうだっけ。すっかり忘れてたわ、ごめんなさいね！」

……明らかにわざとだ！

口では謝っているものの、目が完全に笑っていた。

「しかし、あんたって何をやらせてもダメよね。逆にできることって何かあったかしら？」

「それは…………」

「即答できる取柄《とりえ》もないの？　まったく、無能にも困ったもんだわ」

ふーっと息を吐くと、シエル姉さんはやれやれと両手を上げた。

そして改めて俺の顔を見ると、思い切り見下した様子で言う。

「いいこと？　あんたは何をやっても駄目なんだから、このまま家でおとなしくしていればいいの。そうすれば私たち姉妹《しまい》が、家族としてそれなりに面倒は見るから。家でのんびり暮らしているだけでいいなんて、他の人に羨《うらや》ましがられるわよ？」

「………わかったよ」

「ふぅん、今日はやけに聞き分けがいいじゃない。理解したなら、せいぜい私たちの役に立つような特技でも――」

「俺、この家を出るよ」

ここまで言われては、さすがの俺も黙ってはいられなかった。

我慢の限界というやつである。

それに、俺だってもう十五歳。

大人として独り立ちしてもいい頃合《ころあ》いだ。

いつまでも姉さんたちの世話になり続けるわけにもいかないし、この際だからちょうどいい。

「ちょっと待って。あんた、それ本気で言ってるの？」

「ああ。明日までに荷物をまとめとくよ」

「嘘《うそ》でしょ？　冗談にしても笑えないわよ！」

俺の本気を察したのか、シエル姉さんの顔が変わった。

完全に予想外の展開だったらしく、本気で焦《あせ》っているのがわかる。

いつもは余裕たっぷりな彼女の口調が、ひどく平坦《へいたん》だった。

……ちょっといい気味かも。

「ライザ姉さんにも伝えておいて。俺が直接言うと、引き止めてくるだろうし」

「言えるわけがないでしょ！　だいたいあんた、この家を出てどうやって生きてくつもり？　そうそう簡単に働き口なんて見つからないわよ？」

「この機会だし、冒険者になろうと思う。ギルドなら常に人を募集しているから」

冒険者という単語が出た瞬間、シエル姉さんの眼が大きく見開かれた。

彼女は俺との距離を詰めると、全力で首を横に振る。

「ダメ、そんなのダメ！　あんた、前から冒険者になりたいって言ってるけどさ。冒険者っていったら危ない仕事ばっかりなのよ！　あんたみたいな不器用なやつ、生き残れないわよ！」

「大丈夫だって！　きちんと身の丈に合った仕事をこなしていくから。無理はしないよ」

「でもねぇ……！」

「最初のうちは、ちゃんとスライム退治とかから始めるから」

言葉を詰まらせるシエル姉さん。

冒険者の仕事というのは、それなりに幅が広い。

姉さんが言うような危険な仕事もあるが、薬草採取や街の雑用のようなものもあるのだ。

「とにかく、俺はこの家を出るから。もう決めたんだ」

「ちょ、ちょっと落ち着きなさい！　せめて姉弟《きょうだい》みんなで一度、話し合ってからにしましょ！　ちょうど月末に全員が揃《そろ》うんだから。その時まで待ってよ、ね？」

「断る。だって、アエリア姉さんがいたら言いくるめられそうだし」

大陸屈指の大商会を経営するアエリア姉さん。

姉弟で最も交渉に長《た》けた彼女が出張《でば》ってくると、言い負かされてしまう可能性が高かった。

俺もそこそこ口は達者な方だが、アエリア姉さんにだけは勝てた試しがない。

「むぐぐ……！　どうしてそんなにこの家を出たいのよ……！　まさかあんた、どこかに女がいるとかじゃないでしょうね⁉」

「何でそうなるんだよ！　だいたい、外出するときはいつも姉さんたちが一緒じゃないか！」

俺が一人でどこか行こうとすると、必ず姉さんたちのうち誰《だれ》かがついてくるんだよな。

おかげでここ五年ほど、一人で外出した記憶がない。

こんな状況で彼女なんて作れるはずがなかった。

しかし、シエル姉さんはそれでも納得がいかないのか渋い顔をしている。

「でも、私たちの知らない抜け穴をこっそり家に作ったとか……」

「そんなのできるわけないだろ！」

「わからないわよ。穴を掘る魔法ならあんたも使える……」

「あー、もう！　とにかく俺はこの家を出る！　このままずっと家にいたら、何もできないダメ人間になっちゃう気がするし！」

「待って、待ちなさいって‼　ノアーー‼」

必死に止めようとするシエル姉さん。
俺は彼女の手を振りほどくと、その日のうちに荷物をまとめて屋敷を出るのだった。

第一話 境界都市ラージャ

「やっと着いた……!!」

実家を旅立ち、はや一カ月。

乗合馬車を何回も乗り継ぎ、俺《おれ》はとうとう境界都市ラージャへとやってきた。

大陸の西方を占める魔物や魔族たちの領域、魔界。

大陸の東方を占める人間や亜人たちの領域、人界。

そのちょうど境界に位置するラージャは、古くから冒険者の聖地として知られている。

実家からできるだけ離れた場所で、新たに冒険者を始めたい俺にはうってつけの土地だ。

「さすがにここまでくれば、ひと安心だな」

姉さんたちの力は絶大だ。

五人がまとまって動けば、国全体に手を回すことも容易《たやす》い。

けれどここは、実家のあるウィンスター王国から国境を三つばかり越えた先。

さすがの姉さんたちでも、そう簡単には捜索の手を伸ばせないだろう。

それでも完全に安心と言い切れないのが、姉さんたちの恐ろしいとこだけど。

「いやぁ、ジーク殿のおかげで助かりましたよ！」

乗合馬車を降りると、すぐに同道していた商人が話しかけてきた。

彼の名はオルト。

途中の都市からここまで、一週間ほど旅路を共にした仲である。

ちなみにジークというのは、俺の偽名《ぎめい》だ。

その昔、竜王バディアスを倒した勇者にちなんでいる。

ノアのままだと、姉さんたちにすぐ見つかっちゃうからね。

「ジーク殿は確か、この街で冒険者になるんでしたな？」

「ええ。そうですよ」

「でしたら、これをどうぞ」

そう言って渡されたのは、蜜蠟《みつろう》で閉じられた手紙だった。

「私からギルドへの紹介状です。これでも、冒険者ギルドとは長い付き合いになりますからね。多少は役に立つと思いますよ」

「いいんですか、こんなものをいただいてしまって？」

「いやいや！　こちらこそ、満足なお礼ができず申し訳ないぐらいですよ！　今回の旅が無事に終わったのは、ジーク殿のおかげといっても過言ではないんですから！」

別に、そこまで言うほどのことはしてないと思うんだけどなぁ……。

たぶんオルトさんは、馬車が襲われたときに俺が戦ったことを恩に着ているのだろう。

でもあの時、主力となって戦ったのは護衛に雇われていた冒険者さんたちだ。

俺は彼らのサポートとして、馬車の前で討《う》ち漏《も》らされた魔物を倒していたにすぎない。

あの戦いで称賛されるべきなのは、俺じゃなくて他の冒険者さんたち。

そのことを改めて伝えると、オルトさんはとんでもないとばかりに首を振る。

「そんなに謙遜《けんそん》なさらずとも。私は仕事柄、冒険者の戦いを見ることも多い。その私の眼から見て、あのとき一番活躍していたのはあなたでしたよ。むしろ他の冒険者たちは……。あまり悪いことは言いたくないんですが、あなたが強いとみて厄介そうな魔物を押し付けていたようでした」

「は、はぁ……」

ううーん、そうだったのだろうか……？

言われてみれば、あの戦いで倒したゴブリンたちは普通よりだいぶ強かった気がする。

姉さんとの訓練でゴブリンは何度か倒したが、その時はほとんど一撃だったから。

「では、私はこの辺で。南の商業地区に店がありますので、ポーションがご入用になったらぜひお越しください。その時は勉強させてもらいますから」

「何から何まで、ありがとうございます！　お店、落ち着いたら伺わせてもらいます！」

こうしてオルトさんと別れた俺は、前もって聞いていた道順を頼りにギルドへ向かった。

馬車が停まる東の広場から、通りを通ってまっすぐ西へ向かって……。

しばらく歩いていると、次第に冒険者らしき武装した人々が目に付くようになる。

さすがは境界都市ラージャ、賑《にぎ》わってるなぁ。

「あれか。大きいな……！」

やがて見えてきたギルドの建物は、石煉瓦《れんが》でできた立派なものであった。

入り口には冒険者ギルドの象徴である獅子《しし》の紋章が掲げられている。

「よし、行くぞ！」

両開きの扉を抜ければ、そこは酒場とエントランスを兼用したスペースとなっていた。

入り口から見て正面の壁には、依頼書を張り出した大きな掲示板。

そして、その脇《わき》に受付カウンターが備えてある。

ええっと、登録の窓口は……あそこか。

「いらっしゃいませ。新規登録の方ですか？」

「はい、そうです」

「ではこちらの書類に記入をお願いします」

来る者拒まず、去る者追わず。

そう言われる冒険者ギルドだけあって、必要事項は少なかった。

俺は名前だけ「ジーク」とすると、あとは正しく申告を済ませる。

嘘《うそ》は少ない方がバレにくいからな。

「確かにいただきました。これでジーク様は、ラージャ支部所属のFランク冒険者です」

「ありがとう」

「他に質問事項などはございますか？」

「紹介状があるんですけど、見てもらっていいですか？　あと、さっそくですけど魔物の素材をいくつか買い取ってもらえます？」

俺がそう言うと、受付嬢さんはスウッと俺の全身を見渡した。

そして小さな袋しか持ってないことを確認すると、不思議そうに首を傾《かし》げる。

「もちろん構いませんが、素材の方はどちらに？」

「この袋ですけど」

「……えっ⁉　それもしかして、マジックバッグですか⁉」

受付嬢さんの眼がにわかに見開かれた。

あれ、そんなに珍しいものなのか？

「このあたりじゃ、マジックバッグってあまり見かけないんですか？」

「見かけないといいますか、非常に高いんです」

「そうなんですか、知らなかったな」

俺のマジックバッグは、シエル姉さんの指導を受けながら自分で作成したものである。

姉さんは魔術師を目指すならこれぐらいできて当たり前って言ってたんだけどな。

もしかして、ラージャ周辺では魔術師自体が少ないのかもしれない。

「結構量があるんですけど、ここで大丈夫ですか？」

「でしたら、奥までお持ちいただけますか？」

「いいですよ」

「ありがとうございます。その前に、紹介状の方をお預かりしますね」

紹介状を手渡すと、そのまま彼女の案内でカウンターの奥へと移動する。

たどり着いたのは様々な魔物の素材が置かれた倉庫のような場所だった。

解体場も兼ねているのか、とても広々としたスペースになっている。

「ここなら素材がたくさんあっても大丈夫ですよ」

「はい！」

さっそくマジックバッグから素材を取り出していく。

すると受付嬢さんの顔色がみるみる青ざめていき――。

「あ、あなたは何者ですか⁉」

すさまじい勢いで尋ねられるのだった。


―○●○―

「何者ですかって言われても……」

思いがけない問いかけを受けた俺は、言葉に詰まってしまった。

ゴブリンの素材を見せただけで、どうしてこんなに驚いているのだろう？

このぐらいの魔物なら、素人《しろうと》に毛が生えた程度でも倒せるはずだけど。

「ちょっと剣術とか魔法を習ってただけの素人ですけど」

「いやいやいや！　取り出したゴブリンの素材、ぜんぶ上位種のものじゃないですか！」

俺が持ち込んだ素材は、全部で五体分。

そのうち四体がハイゴブリンで、一体がゴブリンジェネラルだったそうだ。

ハイゴブリンはDランク、ジェネラルはCランク相当。

単独で倒すならば、Bランククラスの冒険者でなければ厳しいらしい。

「Bランクといえば、一流と呼ばれるクラスですよ！　もしかしてジークさん、もともとどこかの騎士さんだったりします？」

「そんなことはないですよ」

「じゃあ、もしかして……」

何やら疑わしげな顔をする受付嬢さん。

ここで、彼女は先ほど渡した紹介状の確認をした。

「えっと……『高級な素材の持ち込みに驚いていることでしょうが、それらはすべて彼自身が討伐《とうばつ》した獲物であることを証明します』ですか……。なるほど、この事態を読んでいたみたいですね」

裏に書かれている署名を確認して、受付嬢さんは納得した顔をした。

オルトさん自身も言っていたことだが、彼と冒険者ギルドの付き合いは深いようだ。険しかった受付嬢さんの眼が、たちまち緩《ゆる》む。

「オルトさんが言っているならば、間違いないですね。となるとこれは……ジークさん、ここで少しお待ちいただけますか？」

「ええ、はい。構いませんよ」

そそくさと立ち去る受付嬢さん。

いったい、これから何をするというのだろう？

一人で倉庫に取り残された俺は、室内を見渡しながらしばらく待つ。

冒険者の聖地と呼ばれる場所だけあって、その倉庫には様々な素材が納められていた。それらを見ているだけでも、なかなか飽きることはない。

「君が、ジーク君か？」

「……あっ！」

素材に夢中になっていると、不意に誰《だれ》かから話しかけられた。

しまった、気づかなかった！

俺が急いで振り返ると、そこにはオーガを思わせるほどの筋骨隆々とした男性が立っていた。

年のころは四十過ぎといったところであろうか。

コートをラフに着崩したその姿は一見してだらしなく見えるが、確かな存在感がある。

「はい、俺がジークです」

「そうか。俺はアベルト、この支部のマスターをしている」

……ずいぶんな大物が出て来たな！

驚いた俺は、たまらず目を見開いた。

この動揺を察してか、すかさずアベルトさんの脇に控えていた受付嬢さんが出てくる。

「ジーク様の加入について、相談したいことがありまして。それでお呼びしたんです」

「え？　何か問題でもあったんですか？」

「そういうわけでは。ただ、ジーク様の実力が相当に高いようですので、特別試験の提案をさせていただきたいのです」

特別試験？

何だか、えらく大事《おおごと》になってきたな。

俺の持ち込んだ素材が原因のようだけど、あいつらそんなに強かったのかよ……。

感覚的には、ゴブリンにしては強いって程度だったんだけどな。

「特別試験というのは、もともと実績のある騎士や傭兵がギルドへ加入するときに使う制度でな。試験官と模擬戦をして、一定以上の成績を収めればDランクからスタートすることができるのだ」

「かなり難易度は高いんですが、ジーク様なら問題なく合格できると思いますよ。どうですか、受けられますか？」

「受けることで、何かデメリットなどは？」

「ありませんよ。もし実際にDランクの依頼を受けて実力不足だと感じたら、低ランクの依頼を受けることもできますし」

受付嬢さんはきっぱりと即答した。

そういうことなら、試験を受けない理由はない。

冒険者として、ランクを上げるに越したことはないからな。

「じゃあ、お願いします！」

「はい！　では試験は明日行います！　体調を万全にしてギルドまでお越しください」

「わかりました」

その後、素材の買取代金を受け取った俺はギルドを出た。

お金はハイゴブリンが四体で四十万ゴールド、ゴブリンジェネラルが一体で五十万ゴールド。合わせて九十万ゴールドにもなった。

これだけあれば、三か月は生活していけるだろうか。

家から持ち出した路銀もそろそろ乏《とぼ》しくなってきたことだし、これはかなりありがたい。

「にしても、俺って意外と強いのか……？」

ライザ姉さんによって、ぼこぼこにされていた日々を思い出す。

自分では滅茶苦茶《めちゃくちゃ》弱いと思っていたし、ライザ姉さんもそのように言っていた。

――お前に剣術の才能はない、と。

でもギルドの人たちやオルトさんの反応を見る限り、そうでもなさそうな気がしてくる。

「もしかして、姉さんの言ってたことは間違ってたのか？　いや、まさかな」

思案しているうちに、宿屋の建ち並ぶ一角へと到着した。

明日は大事な特別試験、少しでも疲れを取らないといけない。

俺はちょっぴり奮発して、いつもは使わないような高めの宿に泊まり朝を迎えた――。


――○●○――


「君がジークくんかい？」

翌日。

特別試験を受けるべくギルドへ向かうと、すぐに少女が声をかけてきた。

腰に短剣を二本差し、革の鎧《よろい》をまとった軽装の剣士である。

「えっと、あなたは？」

「僕はクルタ。ギルドから君の試験を担当するように頼まれた、試験官さ」

「そうですか……」

試験官を任されるということは、相当の実力者であるはずだ。

だが見たところ、クルタさんは俺と同じか少し年下。

この感じはちょっと予想していなかったな……。

「むぅ、何だいその顔は？　僕の実力を疑ってるのかい？」

「……そういうわけじゃないですけど、ずいぶんと若い方だなって」

「クルタさんは、このラージャ支部でも希少なAランク冒険者さんですよ！　まだお若いですが、実力については折り紙付きです！」

すかさずフォローをした受付嬢さん。

彼女の紹介に、クルタさんはふふんッと胸を反らせる。

この自信満々な感じ、ちょっぴりだけどシエル姉さんに似てるな。

そういえば姉さんたち、今ごろどうしているんだろうか？

俺のことを探しているのかな？

「何だか上《うわ》の空だね？」

「僕からしてみたら、君の実力の方がいろいろ疑わしいね。どこか自信がなさそうで、強者特有の覇気《はき》があまり感じられない」

「あ、すいません」

覇気ねぇ……。

まあ、本当に強いのか自分でもまだ半信半疑だしな。

剣術の修行を始めてから約三年、ほぼ毎日のように無能と言われてきたのだから。

そんなにすぐには自分の実力を信じられるはずがない。

「試験はギルド地下の訓練場で行います。私が立ち会いますので、ついて来てください」

受付嬢さんに案内され、俺とクルタさんは階段を下って訓練場へと向かった。

へえ、地下だというのに明るくて立派だな。

闘技場のような造りの訓練場は、ドラゴンでも入れそうなほど大きかった。

「ではお二人とも、模擬戦用の武器を」

訓練場の端に、木製の武器が何種類か置かれていた。

その中から俺は剣を、クルタさんは短剣を手にする。

どうやら彼女は二刀流の使い手らしく、両手に武器を持っている。

「よし、じゃあ始めようか」

「ええ！」

「では……特別試験、始め！」

受付嬢さんの合図に合わせ、互いに武器を構える俺とクルタさん。

ふむ……なかなか隙《すき》のない構えだな。

しかし、ライザ姉さんと比べてしまうと隙だらけもいいところだ。

Aランクと聞いて警戒していたけれど、この程度なのだろうか？

「はっ！」

姿勢を低くし、前方に向かって一気に飛び出す。

一閃《いっせん》。

剣の切っ先が大気を裂き、真空の刃《やいば》が生まれた。

クルタさんはそれを見て、たちまち目を丸くする。

「うっそぉ⁉」

飛《の》び退いて距離を取り、かろうじて斬撃を避けたクルタさん。

あれ、これって珍しい技なのか？

ライザ姉さんは『剣士の基本技だ』って言ってたけど。

心底意外そうな顔をしたクルタさんに、こちらまで驚いてしまう。

「飛撃か……剣聖の奥義じゃないか。君、どこでこんなものを習ったんだい？」

「ええっと、姉さん……じゃなくて街の道場で」

「そんなところで教えられる技じゃないはずだけどね。まあいい、こうなったからには僕もちょっと本気を出そうか」

そう言うと、クルタさんはあろうことか短剣を地面に置いた。

これは……もしかして無刀流というやつか?

よくよく目を凝《こ》らしてみると、クルタさんの手に魔力が集中しているのがわかる。

物理的な刃ではなく、魔力の刃で戦うつもりのようだ。

「木の短剣じゃ、魔力の通りが悪いからね。ない方がむしろ都合がいいんだよ」

「あわわ……クルタさん、それはやりすぎですよ! 特別試験はあくまでも力を見るためのもの、本気で戦うわけじゃないんですよ⁉」

「大丈夫、ケガはさせない」

そういうや否《いな》や、クルタさんは舞うような動きでこちらへ飛び込んできた。

身体の柔らかさを生かした不規則な動き。

素早い上にかなり読みにくかった。

クルタさんはどうやら、対人戦を得意とするタイプのようだ。

けれど、ライザ姉さんと比べるとやはり数段劣る。

あの人の攻撃は、基本的に動きがまったく見えないからな。

剣を抜いたと認識した瞬間には、既に刃が届いている。

それに対応するよう求められてきた俺にとって、眼に見える時点で脅威《きょうい》ではない。

「ふっ！」

「なっ！」

交互に迫る腕に剣を当て、軌道を逸《そ》らせる。

クルタさんの体勢が崩れたところで、身体を半回転させた。

そのまま彼女の背中に向かって一発。

エビ反りになったクルタさんは「かはっ！」と苦しげに息を吐く。

そして――。

「……参った。僕の負けだ」

倒れそうになり、膝《ひざ》をついたクルタさん。

彼女はどこか悔しげで、それでいてさっぱりしたような口調で宣言した。

途端に審判役の受付嬢さんがぎょっとした顔をする。

「か、勝った⁉　新入りさんがAランクに勝った⁉　ど、どうしましょうこんなこと前代未聞ですよ！　え、ええっと⁉」

「落ち着いて落ち着いて！」

「はっ！　とにかく、マスターを呼んできますね！」

俺たちが止める間もなく、受付嬢さんはアベルトさんを呼びにすっ飛んで行ってしまった。

取り残されてしまった俺とクルタさんは、互いに顔を見合わせる。

「やれやれ、彼女の落ち着きのなさにも困ったものだ」

「いつもああなんですか？」

「まあね。それよりも問題は……」

そう言うと、ぐいぐいっと距離を詰めてくるクルタさん。

な、なんだろう？

先ほどまでとはどこか違う彼女の気配に、俺は少し気圧《けお》されてしまう。

「そんなに避けないでよ。怖いことなんてしないからさ」

「いや、その……何をするんですか？　それとも、俺に何かさせるんですか？」

「ああ、そうだよ。簡単なことさ」

もったいぶるクルタさんに、俺はたまらず唾《つば》を呑んだ。

何だろうこの雰囲気、前にも姉さんたちから感じたことがある！

俺が警戒していると、クルタさんはいたずらっぽく笑いながら言う。

「僕とパーティを組まない？」

「え？」

予想だにせぬ言葉に、俺はたまらず聞き返すのだった。

「はい。素材の報酬、三万ゴールドです！」

受付嬢さんから銀貨を受け取り、財布の中へと詰める。

特別試験から一週間。

無事に合格となった俺は、Dランク冒険者として活動を開始していた。

Aランク冒険者のクルタさんに勝利したということで、もっと上からのスタートという話もあったのだけど……。

前例がないということと、俺自身の意向もあってなしとなった。

いきなり高ランクからのスタートというのは、こちらとしても少し腰が引けたからな。

いくら魔物と戦う冒険者といえど、武力があれば何でもいいってものでもなかろうし。

「それにしても、本当に良かったんですか？」

「ランクだったら、Dからで十分ですよ。そのうち上げていけばいいんですし」

「それもそうですけど、クルタさんとのパーティの話ですよ！」

「……あー、そっちですか」

勝負の後に受けたクルタさんからのお誘い。

あれこれ悩みはしたが、結局断っちゃったんだよな。

Aランクと Dランクじゃあまりにも釣り合いが取れていないし。

それに、クルタさんのあのぐいぐい来る感じがちょっと苦手なんだよな。

姉さんたちとどことなく雰囲気が似てたし。

「前にも言いましたが、クルタさんはこのラージャ支部でも屈指の実力者ですよ。そんな方からお誘いが来るなんて、とても貴重な機会です！　それを断るなんて！」

もったいないと憤慨《ふんがい》する受付嬢さん。

こうやって怒る彼女を、ここ一週間で三回は見たな。

まあ、それだけいい話だということなのだろうけど。

普通に考えれば、Aランクの人とパーティを組む機会なんて滅多《めった》にないからなぁ。

俺の場合、姉さんたちの指導をずーっと受けていたからそこには恵まれている。

「それにクルタさんって……」

ニヤァっといたずらっぽい笑みを浮かべると、手招きをする受付嬢さん。

俺はすぐさま、彼女の方に向かって身を乗り出す。

そして――。

「ああ見えて、脱ぐと凄《すご》いんです。前に温泉で一緒になったことあるんですけど、なかなかたまらん身体でしたよ。どうですか、ジークさん♪」

「ちょ、いきなり何を言うんですか……⁉」

「男女の冒険者ペアって、そういう関係になること多いですからねー。もしかしてってことも十分……むふふふふ！」

「俺に限って、そんなことないですって！」

からかう受付嬢さんに、顔を赤くして応《こた》える俺。

こちとら、姉さんたち以外の女性とはここ数年ほとんど話してないんだからな。

自慢じゃないが、女性関係の経験値はこの上なく低い。

仮にペアを組んだところで、そんな関係にはなるわけがない。

「だいたい俺……クルタさんのことを、どうにも信用しきれないんですよね」

「どうしてですか？」

「だって、戦う前は俺を小馬鹿《こばか》にしていたような人がですよ？　急にパーティに誘ってくるなんて、手のひら返し過ぎじゃありません？」

「まあ、高ランク冒険者さんは気まぐれですからね。それにクルタさんの場合、どうも強い仲間が必要な事情があるようですし……」

事情ってなんだろう？

俺が首を傾げると、受付嬢さんは『しまった！』とばかりに口を抑えた。

彼女はゆっくりと手を離すと、薄く笑みを浮かべて誤魔化《ごまか》す。

「すいません、余計なことを言っちゃいました。聞かなかったことに……してもらえます？」

「わかりました。大丈夫ですよ」

「ありがとうございます。しかし、これからもクルタさんの誘いを断り続けるとなると別の問題があるかもですね」

そう言うと、受付嬢さんは周囲を見渡した。

そしてあまり人がいないことを確認すると、小声で語りだす。

「先ほども言いましたけど、クルタさんはこのギルドでも屈指の実力者です。そんな人が出したお誘いを、入ったばかりの新人が断り続けている。これを見た他の冒険者さんは、どう思いますか？」

「あー……つまり、嫉妬《しっと》を招くと？」

「その通りです。ただでさえ、ジークさんは特別試験の合格者ということで注目を集めてますからね。気をつけた方がいいですよ」

なるほどなぁ……。

俺も今まで、姉さんたちを嫉妬する側だったので気持ちはわからないでもない。

自分より後から始めた人間に、あっさりと抜き去られてしまうあの感覚。

なかなか耐《た》え難《がた》いものがあるんだよな。

だからといって、俺に何かされても困るんだけどさ。

これでも姉さんたちにしごかれていたから、人並み以上には頑張っている方だ。

「そういうことなら、しばらくは目立たないように街中の依頼を受けましょうか」

「街中っていうと……まさか、雑用依頼のことですか？」

雑用依頼というのは、荷物運びや掃除の手伝いなど、街の人のお手伝いをする依頼である。

基本的に報酬が安いことから、高ランクの冒険者はまずやりたがらない。

低ランク冒険者でも、お金に困らない限りはやらない仕事だ。

ギルドが町の人に信頼されて存続していくためには、とても重要な仕事なんだけどね。

「ええ。お金に余裕はありますし、雑用依頼をコツコツこなしていれば評判も良くなるでしょ」

「確かにそうですが……いいんですか？　Ｄランクの冒険者さんが雑用依頼を受けるなんて、ほとんどあり得ないぐらいですけど」

「もちろん。街の人とも仲良くしていきたいですし」

俺がそう言うと、受付嬢さんは呆《あき》れた顔をしつつも依頼用紙の束を取り出した。

さすがは冒険者の聖地と呼ばれるラージャ。

雑用依頼だけでも、辞書のような分厚さになってしまっている。

「うわ、凄いですね……！」

「皆さん、雑用っていうだけで嫌がりますからねー」

速読術でもマスターしているのだろうか。

受付嬢さんはパラパラパラパラッと依頼用紙をめくっていくと、不意にその手を止めた。

「これなんてどうでしょう？　教会から、墓地の清掃依頼が来てます」

「どれ……報酬八千ゴールドですか。なかなかいいですね！」

「教会はそういうとこ、かなりしっかりしてますから」

「じゃあ、この依頼で！」

こうして俺は、街の外れにある教会へと向かうのだった。

間話

第一回お姉ちゃん会議

ジークことノアが教会からの依頼を受けていた頃。

ウィンスター王国にある彼の実家では、姉妹《しまい》たちが集まっていた。

多忙な五人が全員揃《そろ》うのは、約一年ぶりのこと。

本来ならば姉妹水入らずで、和《なご》やかな雰囲気となるべき日である。

しかし今日、彼女たちは荒れに荒れていた。

「あなたたちがついていながら、これはどういうことですの！」

金の巻き毛を振り乱し、吠《ほ》える少女。

彼女の名はアエリア。

五人姉妹の長女にして、大陸屈指の大商会フィオーレを率いる若き会頭だ。

今日は忙しい職務の合間を縫い、久しぶりに帰ってきたのだが……。

家に残っていたライザとシエルから、弟のノアが家出をしたと聞かされた。

彼女にとっては、まったく寝耳に水の話である。

「シエル、あなたどうして無理にでもノアを止めなかったんですの⁉　最悪、魔法で拘束する

ことぐらいできたでしょうに！」

「そりゃ可能だけど、ノアにそんなことしたくないわよ！　姉さんは簡単に言うけど、その手の魔法って一歩間違うと危ないいんだから！」

「じゃあ、ノアが外に出るのは危なくないって言うんですの⁉　あの可愛《かわい》いノアが、今ごろは魔物や悪党に襲われているかもしれないいんですのよ‼」

「……まあまあ二人とも落ち着きましょう！　姉妹で言い争っても益はありません！」

アエリアとシエルの間に割って入る、白い修道服姿の少女。

彼女の名はファム。

五人姉妹の三女にして、大陸全土に広がる聖十字教団の聖女だ。

「ノアの家出は大きな危機です！　しかし、だからこそ私たち五人は団結してこれを乗り越えなくてはなりません。かつて英雄ヘリオスは、三人の息子たちをそれぞれ矢に例えて——」

「長い。眠くなるからパス」

気だるげな様子で、ファムの長話を無理やり断ち切った蒼髪の少女。

彼女の名はエクレシア。

五人姉妹の五女にして、大陸で最も有名な芸術家の一人である。

「エクレシアに言わせれば、姉さんたちが厳しすぎ。ノアが逃げたのも仕方がない」

「なっ⁉　あなたもこれには賛成していたではありませんか！」

「そうよ！　父さんと母さんが死んだ時、五人みんなで相談して決めた教育方針でしょ！　血はつながっていないけれど、ノアは私たちの大事な弟。あえて厳しく接して、たくましくなってもらおうって！」

「ええ。私も心苦しいですが、ノアを強くするためにはやはりある程度の厳しさが……」

「確かにそう。でも限度がある」

そう言うと、エクレシアはじとーッとした目でライザを見た。

非難めいた視線を向けられたライザは、すぐさま身を乗り出して反発する。

「わ、私だって好きでノアを痛めつけていたわけじゃない！　本当は手取り足取り、優しく丁寧に教えてやりたかった！　よくやったと褒めてやりたかった！　だがな、それをしていては本当の強さは得られん。戦うために何より重要なのは、根性だからな！　つらく厳しい訓練を乗り越えてこそ、不屈の精神を得られるのだ！」

拳《こぶし》を振り上げ、熱弁を振るうライザ。

さすがは剣聖というべきか、その言は重く迫力がある。

しかし、それを見ていたエクレシアは不機嫌そうに眉《まゆ》を顰《ひそ》めた。

「出た、ライザの脳筋理論」

「脳筋とはなんだ、脳筋とは！　そういうお前だって、大して頭は良くないだろう！」

「ライザよりは良い。九九も全部言える」

「そ、それなら私だって時間を掛ければ……！」

「じゃあ、九×三は？」

「くっ……！」

「……低レベルな争いはやめなさい！　二人とも五十歩百歩ですわよ！」

呆《あき》れたように呟《つぶや》くアエリア。

二人は恥ずかしくなったのか、すぐに争うのをやめた。

こと知力においては、二人が束になったところでアエリアの足元にも及《およ》ばない。

「とにかく、今はノアの居場所を見つけるのが最優先ですわ」

「ええ、一刻も早く保護しなくては」

「ノアの実力なら大丈夫だとは思うがな。ドラゴンに襲われても切り抜けるだろう」

「そうね。魔法も徹底的に叩《たた》き込《こ》んであるから、生きていくだけならどうとでもなるはずよ。心配なのはむしろ……」

急に深刻な顔をして、何やら言いにくそうにするシエル。

途端に四人の視線が彼女へと集まった。

それに急《せ》かされるようにして、シエルはトクンと唾《つば》を呑む。

「ノアが成功して、モテるかもしれないってことよ！」

刹那《せつな》、室内の空気が凍り付いた。

四人はたちまちのうちに石化し、言葉を失う。

やがて数秒の静寂の後。

何とか状況を理解したアエリアが、素《す》っ頓狂《とんきょう》な大声を出した。

「い、いけませんわ!!　ノアに近づいていい女は、私たち姉妹だけでしてよ！　それ以外の有《う》象無象《ぞうむぞう》などもってのほか！　排除しなくてはいけませんわ！」

「ええ！　ノアに彼女ができたりしたら……！　神よ、お救いください!!」

「むぅ……他の女など認めん、絶対に認めんぞ！」

「断固拒否、絶許！」

ああだこうだと、口々に騒ぎ立てる姉妹たち。

本人には決して告げないが、彼女たちのノアへの愛情は半端《はんぱ》なものではない。

必要と判断すれば、その身を捧《ささ》げることすら躊躇《ためら》わないほどだ。

普段の厳しい態度は、あくまでも愛情の裏返しなのである。

「そうならないためにも、急ぐ必要があるってことよ」

「では、私はすぐに商会へ戻って指示を出しますわ。みなさんも、それぞれに情報収集を開始しましょう！」

「了解しました。神よ、どうかお導きを……」

「これは気合いを入れて、事に当たらねばな」

「一休みしたらすぐ出かける」

それぞれに返事をする姉妹たち。

最後に、アエリアがとりあえずその場をまとめる。

「また時間が取れ次第、五人で集まりましょう。ノアが見つかるまでの間は、できれば週一ぐらいで情報交流の時間を持ちたいですわ」

「それがいいと思うけど、アエリア姉さんは大丈夫なの？」

姉妹の中で最も忙しいのが、大商会を率いるアエリアである。

その予定は分刻みで、週一とはいえまとまった時間を取ることはかなり困難なはずだ。

なにせ、貴族ですら多忙を理由に面会を数か月も待たされるほどなのだから。

「平気ですわ。ノアのためでしたら、予定ぐらいどうとでもしますわよ」

「さすが。じゃあ、また来週ね」

「それまでに見つかるといいのだが……」

「大丈夫です。信じる者は救われます」

「やれること、やるだけ」

こうして五人は、ノアを探し出すべく本格的に動き出すのであった。

第二話

教会と地下水路

「へぇ……結構大きいな」

ラージャの町はずれに佇《たたず》む教会。

重厚な石造建築で、高い屋根の上には大きな十字架を掲《かか》げている。

聖十字教団。

ファム姉さんが聖女を務める、大陸最大の宗教組織だ。

さすがに規模が大きいだけあって、信仰の寄る辺《よるべ》となる教会も立派なものである。

「こんにちは。もしかして、お掃除に来られた方ですか？」

礼拝堂の中に入ると、すぐに修道服姿の女性が声をかけてきた。

聖職者らしく落ち着いた物腰だが、肌にはツヤがありかなり若く見える。

まだ、二十歳前といったところではなかろうか。

穏やかな笑顔が魅力的な、なかなかの美人さんだ。

「はい。俺《おれ》はジーク、墓地の清掃依頼を受けて来ました」

「そうですか、よろしくお願いします。お墓は教会の裏にありますので、どうぞこちらへ」

シスターさんに連れられて、礼拝堂の奥から教会の裏へと出る。

するとそこは、かなり大規模な墓地となっていた。

街の外壁に沿うようにして、数えきれないほどの墓石が立ち並んでいる。

その規模の大きさに、俺は思わず目を見開いた。

「おお……広いですね」

「この街は冒険者の方が集まる場所ですからね。どうしても、戦いの中で命を落とされる方も多いのです」

冒険者の聖地として知られるラージャ。

夢を摑《つか》み英雄と呼ばれる者たちがいる一方で、命を散らす者もまた多い。

俺は冒険者の街が抱える負の側面を、少しだけ垣間《かいま》見たような気がした。

「普段は私や他のシスターで掃除をしているのですが、さすがにこれだけ広いと手が回らなくて。定期的に冒険者の方へ依頼を出しているんです」

「なるほど。これだけ広かったら、そうもなりますよね」

ざっと見ただけでも、数百はお墓がある。

とてもシスターさんたちだけで管理しきれるとは思えなかった。

「掃除道具はそこの小屋に入っていますので、好きにお使いください」

「わかりました」

「墓石を掃除する前には祈りを捧《ささ》げるのがマナーとなっています。やり方はご存知ですか？」

「ええ、もちろん」

そのあたりのことについては、ファム姉さんから叩《たた》き込《こ》まれている。

いつもおっとりしていた姉さんだけど、礼儀作法と祈りに関しては厳しかった。

おかげで、マナーについてはまず間違いないだろう。

「では、私は礼拝堂で祈りを捧げております。教会の鐘が鳴りましたら、作業を終えて戻ってきてください」

軽くお辞儀をすると、教会に戻っていくシスターさん。

さーて、気合いを入れて仕事しないとな！

教会の鐘が鳴るのは、日没の少し前。

それまでにこの広さの墓地を掃除するのは、かなり骨が折れるだろう。

「手作業だとさすがに時間がかかりすぎるな。魔法で浄化するか」

右手で三角と十字を切ると、即座に光魔法を発動する。

白い光が降《ふ》り注《そそ》ぎ、たちまちのうちに墓石の汚れが消失した。

光属性魔法「ブランシェ」。

本来はアンデッドモンスターの浄化に使うものだが、実はこういう使い方もできる。

ファム姉さんが教えてくれた生活の知恵だ。

「ふぅ……！　何とか終わったな」

ひたすら墓石の浄化を続けること数時間。

すっかり日も傾《かたむ》き、空が茜色《あかねいろ》になってきたところで、墓地のお掃除が終わった。

どうにか鐘が鳴る前に全部を綺麗《きれい》にできたな。

一切《いっさい》の汚れが消失し、光り輝く墓石の群れ。

ある種幻想的ですらあるそれらを見て、俺は満足げにうなずく。

いやぁ、やっぱり綺麗にすると気持ちがいいよね！

早くシスターさんにも見てもらわないと。

俺はすぐさま、裏口からシスターさんのいる礼拝堂へと入る。

「シスターさん、お掃除終わりました！」

「へ？　まだ鐘は鳴っていないはずですが……」

俺が声をかけると、シスターさんは怪訝《けげん》な顔をした。

そして壁に掛けられていた大時計を見やると、たしなめるように言う。

「あと三十分ほど時間が残っているではありませんか。ちゃんと最後までお願いしますよ」

「いえ、最後まで終わったから報告に来たんですけど」

「はい？」

うーん、どうも話がかみ合わないな。

ここは実際に見てもらった方が早いか。

俺は渋《しぶ》るシスターさんをちょっぴり強引に墓地まで連れていく。

「……え、ええ⁉」

夕日に輝く墓石の群れ。

それが見えた途端、シスターさんの顔が一変した。

彼女は現実を疑うように目を何度もこすると、心底驚いた様子で口を開く。

「これは、どういうことでしょう……⁉」

「ですから、全部掃除したんですよ」

「全部⁉　このお墓をですか……？」

「ええ。そういう依頼でしたし」

俺がそう言うと、シスターさんは首をふるふると横に振った。

「いえ、私が頼んだのは教会の鐘が鳴るまでお掃除をしてほしいということですよ？　それまでにせいぜい、墓地全体の五分の一も終わればいい方だと思っていたのですが」

「え⁉　鐘が鳴るまでに全部掃除してってことじゃなかったんですか？」

「違います！　これほど広い墓地ですよ、普通は一日で全部掃除するなど不可能です！　一週間ほどかけて綺麗にしていただくつもりだったんですよ」

ありゃりゃ、完全にこちらの勘違いだったってわけか。

道理で話がかみ合わなかったわけだ。

「しかし、よくここまで綺麗にできましたね。顔が映るほどツルツルになっています」

「ええ、魔法を使いましたから」

「水魔法で洗い流しても、これほど綺麗にはならないのでは？」

「水魔法じゃなくて、光魔法で浄化したんですよ。ブランシェの応用です」

「ブランシェ⁉」

急に大声を出すシスターさん。

彼女は改めて墓地全体を見渡すと、声を震わせて言う。

「あ、あのブランシェをこの墓地の墓石全部にかけたんですか？」

「ええ、まぁ」

「信じられない‼　そんなことができる方がいるなんて……」

「いや、大したことじゃないですよ」

「ありがとうございます、ありがとうございます‼」

俺の手を取ると、すさまじい勢いで感謝の念を伝えてくるシスターさん。

あ、あれ……変だな……？

ブランシェは聖職者ならば誰《だれ》でも使える基本中の基本の魔法って聞いていたんだけど。

姉さんの知識が、またも間違っていたのだろうか？

「ど、どうも。お礼の気持ちは十分伝わりましたよ。ええ……！」

必死に頭を下げるシスターさんに、顔を上げるように促《うなが》す。

よくはわからないが、俺は相当に凄いことをしたようだった。


──○●○──


「こ、こんなに受け取れませんよ！」

教会へと戻った俺は、シスターさんから渡された報酬に戸惑いの声を上げた。

金貨がひい、ふう、みい……。

全部合わせて、驚愕《きょうがく》の五十万ゴールド。

最初に受け取る約束をしていた八千ゴールドの約六十倍だ。

一日で全部やり終えたことを考えても、あまりにも多い。

「これでも安すぎるぐらいです！」

「は、はぁ……」

それにしても、俺が好きでやったことだしなぁ。

これだけの大金、受け取ってしまうのは気が引けるというか。

大きな教会だから、これを出したからといって財政難になることはないだろうけど……。

「実はここ最近、アンデッドが発生する事件が何件か起きておりまして」

「え？　あの墓地でですか？」

予想外の言葉に、驚いて聞き返す。

稀《まれ》に、墓地に眠る死体がアンデッドとして蘇《よみがえ》ることがある。

しかしこれは、あくまで荒れ果ててしまったお墓の話。

数十年とか数百年とか、そのぐらいの単位で放置した場合に限られることだ。

この教会の裏にある墓地の場合、シスターさんたちが定期的に手入れをしている。

アンデッドが発生するようなこと、まずあり得ないんだけどなぁ……。

「はい。原因はわからないのですが、墓地を管理する教会として対策を行わないわけにも参りません。それで、今度聖女様が巡教に出られた際に街へお寄りいただく方向で話が進んでいたのですが……」

「せ、聖女様⁉」

それって、ファム姉さんのことじゃないか！

姉さんが来たら、俺がここにいることがバレちゃうかもしれないぞ！

「はい。ですが、ジークさんに浄化していただいたおかげでその必要はなくなりました。あの状態なら、さすがにもうアンデッドが発生することはないでしょう」

「な、なんだ……良かった……」

ファム姉さんが来ないことを知り、ほっと胸をなでおろす俺。

念のため偽名を使っているし、聖女がギルドへ近づくようなことはないだろうけど……。

姉さんたちの勘って、馬鹿《ばか》みたいに鋭いからなぁ。

半径数キロ以内に近づかれたら、それだけで俺の居場所を察知されかねない。

「それで、あれだけ感謝していたというわけですか」

「はい。聖女様にお越しいただくとなりますと、準備などいろいろと大変ですからね。この街の教会は豊かな方ではありますが、それでも負担が大きくて」

「聖女様を呼ぶ費用を考えれば、五十万でも安すぎる……と」

「ええ、その通りです」

ファム姉さん自身は、華美を好まず清貧を尊しとする人物である。

しかし、聖十字教団の頂点である聖女を身一つで移動させるわけにもいかない。

当然ながら護衛が必要だし、最低限の従者も必要だ。

巡教の途中に寄ってもらうという話であったが、それでも数百万ゴールドは飛んだだろう。

「なるほど、わかりました。そういうことであれば……五十万ゴールド、受け取ります」

「ありがとうございます。しかし、あなたはブランシェをどこで習得されたのですか？　あれは聖十字教団でも、限られた方しか習得されていないものですが……」

そうだったのか……。

ファム姉さんは『覚えておくと便利な魔法』という程度のノリで教えてくれたから、簡単なものだとばかり思っていた。

ううーん、これはどうやって誤魔化《ごまか》そうか。

相手は教会関係者だし、下手なことを言うと聖女の身内だとバレてしまうかもしれない。

「え、えーっと……。村の神父様に教えてもらいました」

「神父様、ですか」

「はい。何でも、昔はそれなりに地位のある方だったそうで。いろいろと教えてくれたんです」

「そうですか。フェザーン様あたりかな……？　いや、コルドバ様かも……」

運のいいことに、俺がでっち上げたような人物は実在するらしい。

聖職者さんたちって、人に物を教えることが好きな人が多いからね。

シスターさんは顎《あご》に手を当てると、ぶつぶつと心当たりの人物をつぶやき始める。

どうやら、うまく誤魔化すことができたみたいだ。

「では、俺はこの辺で帰らせてもらいますね」

「あ、ちょっとお待ちを！」

「何です？」

「村の神父様にいろいろと教わったと言っておられましたよね？　その中にサンクテェールの魔法はありませんでしたか？」

何か困っているのだろうか？

尋ねてきたシスターさんの顔は、こちらに懇願《こんがん》するかのようであった。

サンクテェールといえば、聖域を張って瘴気《しょうき》の侵入を防ぐ魔法。

さっき言っていたアンデッド発生事件にかかわることだろうか？

「ええ、教わりましたけど……何に使うんです？」

「地下水路の調査に同行していただきたいんです。最近になって急に瘴気の濃度が上がったので、墓地でアンデッドが発生した件との関連が疑われているのですが……。かなり広大なので、サンクテェールの魔法がないと瘴気を防ぎながら探索することが困難なのです」

「なるほど、そういうことですか」

「もちろん、後で教会の方からギルドに正式な依頼として出させていただきます。報酬は一日五万ゴールドでいかがでしょうか？」

一日五万……！

護衛でこれは、なかなかの好条件ではなかろうか。

いつも俺が受けているDランク依頼では、一日拘束されて八千から一万ってとこだし。

そこそこ危険度が高いことを考えても、十分といえる額だろう。

「それなら大丈夫です、お引き受けします！　ただ……ランクが高すぎるかもしれませんね。ギルドの依頼って報酬額とかでランクが決まるそうなので」

「おや？　ジークさんは高ランク冒険者ではないのですか？」

「あはは、違いますよ。Ｄランクです」

「えええっ⁉　サンクテェールまで使えるのに、Ｄランクなんですか⁉」

叫びをあげて驚くシスターさん。

結局、俺がＤランクだと納得してもらうのにそれから二十分ほどかかってしまった。


――○●○――


翌日。

依頼の待ち合わせ場所に行くと、そこにはシスターさんと二人の冒険者がいた。

どうやら、俺の他にも護衛として冒険者を雇っていたようである。

危険な地下水路に行くのだから、パーティを組むのも当然といえば当然か。

「おはようございます！」

俺が挨拶《あいさつ》をすると、すぐさまシスターさんと男冒険者が笑みを浮かべた。

彼らはこちらを向くと、すぐに会釈《えしゃく》をする。

しかし、女冒険者の方は何やらひどく不機嫌そうだった。

俺に対しても、値踏みするような視線を投げかけてくる。

「紹介します。こちらはニノさんとロウガさん。依頼でいつもお世話になっている冒険者さんで、お二人ともBランクなんですよ」

「俺がロウガだ、よろしく頼むぜ」

「ジークです、よろしくお願いします」

さっそくロウガさんと固い握手を交わす。

昔ながらの古強者《ふるつわもの》といった雰囲気の人で、なかなか感じがいいな。

身体は筋骨隆々としてかなり大きいが、威圧感はさほどではない。

頼りになりそうなおじさん、といったところだろうか。

「ニノです。よろしくお願いします」

続いて、ひどくぶっきらぼうな仕草で手を差し出してくるニノさん。

お、俺……この子に何か嫌われるようなことでもしたか？

容赦のなさすぎる眼差《まなざ》しに、たまらずたじろいでしまう。

まさか、この歳《とし》で加齢臭でもするのか……？

俺が戸惑っていると、ロウガさんが笑いながら言う。

「ははは！　ニノはお前に嫉妬《しっと》してるだけさ」

「へ？」

低ランク冒険者ならまだしも、Bランクで？

まだ俺、そこまでの実績は出してないはずだけどな。

「こいつは昔から、クルタちゃんのファンでな。今まで何回もパーティを組みたいって申し出てたんだが、のらりくらりとかわされてたんだ。そこへお前が現れて、クルタちゃんの方から誘いを受けたっていうだろ？　だから気に入らないってわけさ」

「なるほど……でもそれ、完全な八つ当たりじゃないですか？」

「ま、その通りだな。ニノ、気持ちはわからんでもないが大人になれ」

「……そう言われても、気に入らないものは気に入らないです。ですが、私もプロの冒険者です。きちんと仕事はしますので安心してください」

突き放すような口調で告げるニノさん。

仕事はすると言ってくれているけど、仲良くするのはかなり難しそうだなぁ。

俺に嫉妬している冒険者がいるとは聞いていたが、まさかこんなところで出会うとは。

思いがけず、厄介なことになってしまったものだ。

「気にしなくていいぜ。こいつがガキなだけだ、アンタは悪くない」

「ガキとは失礼ですね。ロウガだって、前に狙《ねら》っていた受付嬢に彼氏ができた時は不機嫌になっていたではありませんか」

「……昔の話を持ち出すんじゃねえよ」

「ほんの三か月前のことでしょう？」

その後もしばらくヤイヤイとやり合う二人。

まだ十代後半に見えるニノさんと、四十代半ばほどに見えるロウガさん。

親子ほどの年の差があるペアであるが、意外と仲は良いようである。

喧嘩《けんか》をしていても、微笑ましいというか。

もしかすると、師弟か何かだろうか?

「それぐらいにして、そろそろ行きますよ。ついて来てください」

パンパンと手を叩き、二人の話を打ち切るシスターさん。

それなりに付き合いがあるというだけあって、慣れた様子である。

彼女はそのまま俺たちを先導すると、街の防壁に向かって歩を進めていく。

こうして歩くこと十五分ほど。

俺たちは路地の突き当たりにある地下水路への入り口にたどり着いた。

「ずいぶんと物々しい扉だな」

「前に、犯罪組織がこの地下水路を根城にしたことがあったそうでして。以来、そういうことが起きないように警備が厳重になったんです」

入り口に備えられた分厚い鉄扉。

それをシスターさんが開け放つと、たちまちぬるい風が吹き上がってきた。

身体にまとわりつくようなそれに、皆の顔が険しくなる。

ごくごくわずかにだが、風に瘴気が含まれているようであった。

「こりゃひでえな。こんなとこまで汚染が広がってきてらぁ」

「いったい、何が原因で……？」

「ジークさん、さっそくですがサンクテェールをお願いできますか？」

「わかりました」

すぐさま手のひらをかざし、呪文《じゅもん》を詠唱する。

この感じからすると、水路の奥に何が待ち構えているのかわかったものじゃない。

念のため、魔力を多めに込めて強力な聖域を構築しておくとしよう。

たちまち白い光が生じて、ベールのように俺たち四人を覆《おお》いつくす。

「おおお、聖域が目に見えるほどに……！　これほど密度が高い聖域は、高位の聖職者でもなかなか難しいですよ！」

「ほう、そいつは頼もしいな」

「…………ただの凡骨《ぼんこつ》ではないようですね」

感心するシスターさんとロウガさん。

一方、ニノさんはひどく悔しげな顔をしていた。

彼女はそのまま俺の方を見ると、対抗心を剝《む》き出しにしたような目をする。

別に、こっちは彼女を刺激するような意図があったわけではないんだけどな……。

「さあ、準備もできましたし行きましょう！」

ランプに火を灯《とも》し、通路に足を踏み入れるシスターさん。

俺たち三人は、その光に導かれるようにして後に続く。

この不気味な闇《やみ》の先で、いったい何が起きているというのか。

異変の正体に思いを馳《は》せつつ、俺は地下への階段を降りるのだった。


―○●○―


「ふぅ……」

シスターさんを先頭に、水路脇《わき》の通路を進んでいく俺たち四人。

石組でできたトンネルの中は非常に暗く、湿ったぬるい空気で満ち溢《あふ》れていた。

おまけに、下水から立ち上る臭気がなかなかに強い。

サンクテェールの効果で瘴気や毒素は防いでいるが、それでもかなり過酷な環境だ。

「さすがに参りますね……」

立ち止まり、額に浮いた汗を拭うシスターさん。

その息は荒く、ひどく疲れた様子である。

地下水路に入ってから、そろそろ二時間ほどにはなるだろうか。

たまに休憩を取っているとはいえ、疲労がたまってくる頃だ。

蝙蝠《こうもり》やネズミといった小物とはいえ、魔物との戦闘も既に何回か起きている。

冒険者の俺たちはともかく、一般人のシスターさんはかなり堪《こた》えているようだ。

「大丈夫か？　顔色が良くないぜ」

「ちょっと、疲れてきちゃいました……」

「ここから先は、私が先導しましょう。ランプと地図を貸してください」

そう言って、シスターさんから荷物を預かるニノさん。

さすがはBランク冒険者というべきであろうか。

シスターさんよりもさらに小柄で華奢《きゃしゃ》な体格をしているにもかかわらず、彼女の顔には余裕があった。

しかし、女の子ばかりに荷物を持たせるのは男としてさすがに気が引ける。

ロウガさんはすでに武器や荷物で手がいっぱいのようだし、ここは俺が……。

「俺も、少し持ちましょうか？」

「結構です。私は鍛えていますから」

「いや、でも……」

「あなたは聖域の維持に全力を注いでください。瘴気がだんだんと濃くなってきていますから」

やれやれ、取り付く島もないな……。

けど、言っていることはごもっともだ。

地下水路を進むにつれて、少しずつではあるが瘴気の濃度は増している。

即座に身体を害するレベルではないが、聖域の維持は生命線だ。

「赤い印が書いてある場所へ行けばいいんですね？」

「はい。そこが地下水路の最深部といわれています。ただそこまでかなり距離があるので、途中で休憩しながら行くのがいいでしょうね」

「だな。帰る頃には外は真っ暗だろうぜ」

懐中時計を取り出し、つぶやくロウガさん。

ここからさらに歩くこと三十分ほど。

急に通路が広くなり、一気に視界が開けた。

どうやらここは、町中の下水が合流するポイントのようだ。

地底湖のような広々とした空間に、俺たちはたまらず息を呑《の》む。

「広いなぁ！」

「ちょうどいいですね。ここで休むとしましょう」

「はい！　私、そろそろ足が限界で……」

「む……！　何かいますよ、気をつけて！」

わずかながら周囲に妙な気配を感じた。

これは、ネズミや蝙蝠といった小動物の類ではないな。

俺は皆に警戒を促すと、即座に剣を抜いて構えを取る。

「きたっ！」

「ちっ、下からかよ！」

下水からいきなりグールが五体も飛び出してきた。

俺たちがここを通りがかるまで、水底に姿を隠していたようだ。

まったく、厄介なことを！

俺はグールの頭を切り飛ばすと、即座に蹴《け》りを入れた。

クリーンヒット。

腹に強烈な一発をもらったグールは、そのままバランスを崩して下水に落ちていく。

「おらぁ!!」

雄叫《おたけ》びとともに、ロウガさんのシールドバッシュが炸裂《さくれつ》した。

残っていたグールのうち、三体がまとめて吹っ飛ばされる。

おお、すっげーパワー！

ベシャリと壁に叩きつけられたグールは、そのまま下水に落ちて動かなくなった。

続いて、ニノさんが黒い短剣のような武器で残っていたグールの首を切り飛ばす。

「ほっ……！　皆さん、お怪我《けが》はありませんでしたか？」

「ああ、ジークのおかげで無事だ。警告してくれてありがとな」

「……一応感謝しておきましょう。忍びの私よりも早く気付くとはさすがです」

ぶっきらぼうな物言いながらも、軽く頭を下げるニノさん。

忍びというと、確か隠密行動を得意とする東方の戦士だったか。

名前は聞いたことがあるが、実物を見るのは初めてだな。

髪も黒いし、もしかするとニノさんには東方の血が流れているのかもしれない。

「このぐらい、大したことないですよ。気配察知は基本ですからね」

「そうか？　見えないところにいる敵を感じ取るのは、かなり難しいと思うが」

「高等技術だと思いますが」

きっぱりした口調で言い切るニノさん。

あれ、そうなのか？

剣士ならば目を閉じていても戦えるのが基本だって、姉さんは言ってたけど。

「しかし……ちょっと変ですね」

「ん？」

「教会の仕事をしていると、アンデッドを討伐《とうばつ》することも多いのですが……。こんな待ち伏せみたいなことをされたのは初めてです」

倒れたグールたちを見ながら、シスターさんは首を傾げた。

そのまま彼女は顎に手を押し当てながら、考え込むように唸《うな》る。

「グールという種族は、基本的に知能が極《きわ》めて低いです。ないと言ってしまってもいいかもしれません。基本的に彼らのすることといえば、そこら辺を歩いて目についたものを捕食するだけ。獲物を待ち伏せして一斉に襲い掛かるなんて高度なこと、グールにできるはずがないんですよ」

「なるほどな。そりゃ確かに気になる」

「見たところ、他のグールと同じようですが……？」

その場にしゃがみ込み、グールの顔を覗《のぞ》き込むニノさん。

するとその背後にある下水の水面が、にわかに波打った。

――ゆらり。

巨大な黒い影が、濁った水面に映る。

「危ないっ!!」

「へっ!?」

俺はとっさに、ニノさんの身体を後ろへ突き飛ばした。

それとほぼ同時に、水面が割れて巨大な骨格が姿を現す。

おいおい、どうして地下水路にこんなものがいるんだ……？

捻《ねじ》れて天を衝《つ》く角、肉を裂き骨を砕く牙《きば》、岩をも粉砕する爪《つめ》。

肉こそ失われているが、かつての雄姿を窺《うかが》わせる堂々たる体軀《たいく》。

この怪物は——。

「ドラゴンゾンビ……‼」

俺たち四人は、一斉にその名を叫ぶのだった。


—○●○—


遥《はる》か古《いにしえ》の時代より、大陸の空に君臨してきたドラゴン。

その骨が長年に渡って瘴気に侵《おか》され、アンデッドと化したのがドラゴンゾンビである。

元が空の覇者と呼ばれる種族であるだけに、死してなおその力はすさまじい。

冒険者ギルドの基準で行けば、Aランク——俗に災害級と呼ばれるクラスだ。

都市一つを単体で滅ぼしてしまうほどの怪物である。

「なんてこったよ……！　とんでもねえもんが出たな！」

「逃げましょう！　あの巨体です、細い通路へ入ってしまえば……ああっ！」

いつの間にか、通路を塞《ふさ》ぐようにしてグールの大群が出現していた。

——お前たちを逃がさない。

何者かの悪意が、はっきりとこちらに伝わってくる。

まずいな、いくら弱いグールとはいえあれだけの数をすぐには倒せない。

手間取っているうちに、ドラゴンに追いつかれてしまう。

「これは完全に罠《わな》ですね。何者かが我々を殺そうとしている……？」

「この先に侵入されると、よほど困ることでもあるのかもな」

「とにかく、こうなってしまったからには戦うしかないですよ！」

俺は納めていた剣を再び引き抜くと、正眼《せいがん》の構えを取った。

ドラゴンゾンビは言わずと知れた強豪モンスター。

元が強靭《きょうじん》なドラゴンであるだけに、魔法などへの耐性も高い。

ブランシェでの浄化などはまず無理だろう。

こうなったら、正面切って戦うしかない。

大丈夫、Aランク冒険者のクルタさんにだって勝てたんだ。

彼女に勝った俺なら、同じランクのドラゴンゾンビにだって勝てるはず……！

そう、勝てるはずなんだ！

「ロウガさんはシスターさんを守ってください！　ニノさんは俺の援護を頼めますか？」

「任せとけ！　指一本触れさせません！」

「癪《しゃく》ですけど、仕事はきっちりしますよ」

そう言うと同時に、ニノさんは懐《ふところ》から黒い十字型をした物体を取り出した。

あれは……手裏剣と呼ばれる武器であろうか。
東方の忍びたちが好んで使う飛び道具だ。
軌道が読みづらく、剣で対応するのは面倒だとライザ姉さんから聞いたことがある。
「はっ！」
楕円《だえん》の軌道を描き、骨に直撃する手裏剣。
――キンキンキンッ!!
火花が飛び散り、刃《やいば》を打ち鳴らしたような音が響く。
ドラゴンゾンビの顔が、気だるげにニノさんの方へと向けられた。
ダメージはほぼないに等しい。
だが――。
「今だっ！」
地面を蹴り、一気に水路の上へと飛び出す。
ドラゴンゾンビの反応が、わずかながらに遅れた。
狙うは一点、アンデッドの命の源たる魔石のみ。
爪を間一髪で避けると、骨格の隙間《すきま》を通り抜けて――。
「せやああっ!!」
気迫の一撃。

――キイィンッ!!

剣が骨格内部の魔石にぶつかり、脳天を貫くような高音が響いた。

こりゃ、思っていたよりもはるかに硬いぞ！

鋼をも切り裂くであろう斬撃が、魔石の表面で止まった。

どうやら、膨大な魔力によって結界が形成されているようだ。

「ちっ!!」

やがて力に耐えきれなくなった剣が砕けた。

しまった、負荷をかけ過ぎたか……！

元より、家を出た後に王都の店で買った量産品。

悪くない品ではあったが、ドラゴンゾンビとの戦いには力不足だったようだ。

「これを！」

すかさず、ニノさんが何かを投げてきた。

この黒い物体はいったい……？

手裏剣を細長くしたような形状の武器は、大陸ではおよそ見ないものだった。

「黒魔鋼《くろまこう》のクナイです！　それならば、砕けることはないでしょう！」

「ありがとう！」

クナイという武器については知らなかったが、その使い方は直感的にわかった。

布の巻かれた柄を握ると、再びそれを魔石に突き立てる。
一点集中。
衝突したクナイの切っ先から、勢い良く火花が吹き上がった。
「だりゃああっ!!」
一発、二発、三発……!
同じ場所に向かって、寸分たがわずクナイを打ち込んでいく。
目に映らぬほど速く、正確に。
こうして十回ほど攻撃を繰り返すと、魔石を守る結界が悲鳴を上げた。
鋼が引きちぎられるような音がして、光が砕ける。
――ギガガガッ!
黒い刃が、青い魔石へと食い込んだ。
「グオオオオッ!!」
恐ろしい絶叫を響かせながら、倒れていくドラゴンゾンビ。
水底へ沈んでいった巨体は、そのまま動かなくなった。
ふぅ……!
一時はどうなることかと思ったけれど、無事に倒せたようだ。
どうにか着地した俺は、額に浮いた汗を拭《ぬぐ》う。

「た、助かりましたね……！」

「ああ、もう大丈夫そうだな」

「……悔しいですがジークのおかげです。礼を言っておきましょう」

深々とお辞儀をするニノさん。

悔しいと言っている割に、その表情は穏やかであった。

俺のことを多少は認めてくれたのか、最初と比べるといくらか雰囲気が柔らかい。

彼女に続いて、ロウガさんとシスターさんも俺に頭を下げた。

「当然のことをしただけですよ」

今回限りとはいえ仲間なのだし、そこまでかしこまらなくていいんだけどな。

揃《そろ》って頭を下げられると、ちょっとばかり照れくさくなってしまう。

だいたい、いくらドラゴンゾンビが相手とはいえ武器を砕いてしまうようではまだまだだ。

ライザ姉さんだったら、棒切れ一本でも折らずに勝っていたことだろう。

何なら、素手でも余裕だったかもしれない。

「しかし、いったい誰の仕業《しわざ》なのでしょうか。明らかに私たちを狙った襲撃でしたよね」

そう言って周囲を見回すシスターさん。

いつの間にか、出入り口を塞いでいたグールの群れも消えていた。

用が済んだから撤退させたといったところだろうか。

「ドラゴンゾンビを使えるとなると、並の術者じゃねえな」

「このまま先へ進んで、最深部に何があるのか確認したいところですけど……うーん」

砕けた剣を手に、唸《うな》る俺。

このような事態を想定していなかったので、あいにく予備の武器はない。

このまま未知の敵に挑むのは、さすがにちょっとリスクが高いよなぁ。

「ここは無理をせず退きましょう。そもそも、この依頼は調査依頼だったはずです。高ランクモンスターとの交戦は想定されていません」

「ニノの言う通りだな。ジークの剣も砕けちまったし、またあのクラスのモンスターが出たら今度は勝てるかどうか」

冷静に撤退を促すロウガさんとニノさん。

シスターさんも彼らの意見に賛成のようで、力強くうなずいた。

どうやら彼女自身、一刻も早くこの場から脱出したいようだ。

心なしか、身体が震えているように見える。

気になることはあるが、ここは素直に従っておこうか。

「じゃあ、素材を回収したらすぐに帰りましょう」

こうして俺たちは、ひとまず地上へ戻りギルドへ報告に向かうのだった——。

第三話　報酬と鍛冶屋

「まさか地下水路でそんなことが……」

その日の夕方、冒険者ギルドにて。

俺《おれ》たち四人から報告を受けた受付嬢さんは、たちまち顔を青くした。

なにせ、街の地下に災害級のモンスターが現れたわけだからな。

そりゃ顔色も悪くなるだろう。

「少し、待っていただいていいですか？　ことがことなので、ここでは対応致しかねます」

周囲の様子を窺《うかが》いながら、小声で告げる受付嬢さん。

迂闊《うかつ》に情報が洩《も》れたら、パニックになりかねないからね。

別室での対応になるのも当然だろう。

「ひとまず、応接室でお待ちいただけますか？　場所はわかりますよね？」

「ああ、俺が知ってるから大丈夫だ」

「では、私はマスターを呼んできますので」

お辞儀をすると、すぐさま小走りでカウンターの奥に向かう受付嬢さん。

一方の俺たちは、ロウガさんの案内で応接室へと向かった。

何でも、彼は以前に依頼人さんとのやり取りでこの部屋を使用したことがあるらしい。

「ふぅ……やっと座れた」

「ほとんど休憩なしでしたからね。さすがに疲労しました」

ソファに深く腰を下ろし、ふーっと息を吐くニノさんとシスターさん。

ドラゴンゾンビの素材を回収した後は、ほぼ歩き通しだったからなぁ。

体力的に余裕のあった俺とロウガさんはともかく、二人にはかなり堪《こた》えたことだろう。

「報告を済ませたら、今日は思いっきりいい宿に泊まろうぜ。ギルドから情報提供の謝礼がたんまりもらえるはずだ」

「そんなにですか？」

「ああ、百万は固いな。全員で割っても、一人当たり二十万以上にはなる」

おおぉ……！

それは結構大きな収入だな！

折れてしまった剣を買いなおすのに使えそうだ。

「やった、儲《もう》かった！」

「ジークさんの場合、それに加えてドラゴンの素材がありますからね。売れば一千万にはなると思いますよ」

「すごい！　みんなで割っても、二百五十万⁉」

「……いや、俺は遠慮しておこう」

「私は依頼人ですので、そもそも頭数に入れていただかなくて大丈夫ですよ。冒険者としての資格は持っていませんし」

自ら売却益の受け取りを辞退するロウガさんとシスターさん。

確かに、二人はほとんど戦いには参加していなかったけれど……。

これだけの大金をあっさりと諦《あきら》めるなんて、なかなかに潔い。

けど、さすがに俺が一方的に全部もらうというのもな。

「じゃあ、今度一緒になった時は分け前に色を付けるということでどうですか？」

「ああ、それで構わねえ」

「シスターさんの方は、そうですねぇ。何か困ったことがあったら相談に乗るということで」

「私もそれで問題ないです。よろしくお願いします」

そう言うと、二人は揃《そろ》っていい笑顔をした。

ぜひ今後とも、仲良くしていきたいものである。

次こそは、ロウガさんにしっかりと分け前を受け取ってほしいし。

「私も、九対一でかまいません」

「え、いいんですか？　ニノさん、かなり貢献してくれましたけど……」

「敵の気をそらしただけで、ほぼすべてあなた一人で戦っていました。妥当な数字です」

それでいいというなら、俺はもちろん構わないのだけど……。

あとで返してほしいとか言われると、ちょっと困るんだよな。

それに、ほとんど独り占めするというのもさすがに罪悪感がある。

「煮え切らない顔をしていますね。まさか、私が後でごねるとでも？」

「……………そんなことはないと思ってますけど。さすがに、九対一というのは。だいぶ、常識から外れた提案だったので」

「安心してください。後からごねるとかそんなみっともない真似《まね》をして、クルタお姉さまに伝わったら困りますから。それにこれでもBランクですので、お金には不自由していません」

ポンポンッと誇らしげに懐《ふところ》を叩《たた》くニノさん。

あー、言われてみればそうか。

Bランク冒険者ともなれば、浪費家でない限りは余裕があるだろう。

掲示板でちょくちょくBランク以上の依頼も見るが、どれも報酬は軽く十万以上だもんな。

「待たせてしまったな！」

話をしているうちに、マスターと受付嬢さんがやってきた。

俺たちはすぐさま立ち上がると、マスターに向かって頭を下げる。

「ああ、別に気にしなくていいぞ。それで、さっそくなのだが……地下水路にドラゴンゾンビが出たというのは間違いないんだな？」

「もちろんです。証拠もあります」

俺はマジックバッグを取り出すと、中からドラゴンの牙《きば》を取り出した。

その大きさと迫力に、たちまちマスターたちの顔が強張《こわば》る。

「信じていないわけではなかったが……実際に見ると恐ろしいものだな」

「ええ。しかもこのドラゴンゾンビを、操《あやつ》っている者がいたようなんです」

「詳しく説明してくれ。それが本当だとするなら、大変な事態だ」

「俺たちも、確証があるわけではないんですが——」

地下水路で起きたことを、順に説明していく。

話が進むごとに、マスターの眉間にできた皺《しわ》が深まっていった。

「なるほど、事情はだいたいわかった。ルメリア君、至急、調査隊の手配をしてくれ。条件はAランク以上だ」

「かしこまりました」

「ついでに、Sランク冒険者で動ける者がいないか調べておいてくれ」

「承知しました。ですが、あまり期待は……」

少し困ったような顔をする受付嬢さん。

Sランク冒険者の数は、大陸全体でも非常に限られている。

冒険者の聖地であるラージャといえども、滞在しているとは限らなかった。

それどころか、この国に一人いるかどうかすら怪しい。

「いないようであれば、あの方に連絡を取って構わん」

「いいんですか？」

「冒険者以外に頼るのは望ましくないが、背に腹は代えられんからな」

「それでしたら」

納得したような顔でうなずくと、そのまま部屋を出る受付嬢さん。

あの方って、いったい誰《だれ》だろう？

Sランク冒険者に匹敵《ひってき》するほど強い人って、ごくごく限られた人のはずだけども。

この国の将軍とか騎士団長とかだろうか？

「これでひとまずは大丈夫だろう。ただし、くれぐれもこのことは内密にな。情報が洩れたら街でパニックが起きかねない」

「わかっています」

「では、今回の報酬だが……そうだな。このことを口外しないという口止め料も込みで、一人につき百万出そう」

おおお……!!

予想をさらに上回ってきたな。

ドラゴンの分と合わせたら、これでだいたい一千万か。

大台を突破してきた！

「わぁ……。大変な事態ですけど、びっくりする金額ですね」

「ジークさんなら、そのうちもっと稼げるようになりますよ」

「へぇ……！　冒険者、やっぱすごいや……」

こうして予想外の大金を手に入れることとなった俺は、噛《か》みしめるようにつぶやくのだった。


―○●○―


「おおぉ……!!」

カウンターに山と積まれた金貨。

燦然《さんぜん》と輝く金色の山に、俺はうっとりとため息をついた。

ドラゴンの売却益と情報料、すべて合わせて約一千五百万。

普段は見ることのない大金に、得体の知れない魔力のようなものまで感じてしまう。

「金額が合っているかどうか、お確かめください」

「は、はい！　えーっと……」

金貨を十枚ずつ積んで並べていく。

ついでだから、もうそれぞれの分に取り分けておこうか。

シスターさんが十枚、ロウガさんが十枚、ニノさんが二十五枚……。

「全部で百五十組、間違いないです」

「良かったです。これだけの大金となりますと、渡すこちらも緊張しますからね！」

「受け取る方はもっとですよ！　……じゃあ、さっそく分けましょうか」

「おっしゃ‼」

「ふふふ、大切に使いますね」

金貨を渡されて、顔をほころばせるロウガさんとシスターさん。

ニノさんも、普段よりいくらか緩《ゆる》んだ顔をした。

不安材料があるとはいえ、ここはしっかりと休んだ方がいいのだろう。

俺も軽く深呼吸をすると、気持ちを切り替える。

今日は早く宿に戻って、うまいもんでも食べよう！

「さぁーて、何に使おうかな……。そうだ、ジーク。今日ゆっくり休んだら、明日は一緒に水路通りへ行かねえか？　お前さんも、明日は依頼を受けないだろ？」

「ええ、剣も折れちゃいましたからね。いいですよ」

体力的には頑張れないこともないが、無理して体を壊してもな。

剣も買いなおさなきゃいけないし、街へ行くお誘いは大歓迎だ。

まだラージャへ来たばかりだし、いろいろ案内してもらえたりしたらとても助かる。

「……うわぁ」

「ジークさんって、その……見た目に寄らず……なのですね。否定は致しませんが、聖職者としてあまり感心しません……」

「え？　何がです？」

急に渋い顔をしたニノさんとシスターさんに、たまらず聞き返す。

今のやり取りで、特に引かれるようなところはあっただろうか？

原因がわからず戸惑っていると、受付嬢さんが笑いながら言う。

「あー、ジークさんはこの街に来たばかりですもんね。水路通りがどういう場所か、ご存じない？」

「……ええ、存じ上げないです」

「水路通りっていうのは、娼館《しょうかん》の集まる悪所ですよ」

「げっ⁉　ロウガさん、いきなりなんてところに誘うんですか！」

驚いた俺が抗議の声を上げると、ロウガさんは腰に手を当てて豪快に笑った。

まったく悪びれた様子はなく、それどころか「わかってないな」とばかりに得意げな顔をする。

「冒険者といったらよ、稼いだ金でパアッと遊ぶもんだぜ！　初めてだったらちょうどいい、おじさんがいい店の選び方を教えてやろう」

「いやいや、結構です！　そんなことしたら、後で姉さんたちが！」

「姉さん？」

あ、いっけね……！

憤怒《ふんぬ》に歪《ゆが》む姉さんたちの顔が思い浮かんで、つい口走ってしまった。

今は一人暮らしをしているのだから、何をしても怒られないはずなんだけども。

やっぱり俺にとって、姉さんたちの存在は大きいんだろうな。

「あ、いや。故郷に置いてきた姉さんたちが怒るかなーって……ええ」

「ほう……何だかすごい顔してたが、そんなに怖い姉さんなのか？」

「ええ、まあ……。俺を育ててくれたので、そのことは感謝してますけどね」

「ふぅん……。ま、そういうことならやめておくか」

どことなく寂《さび》しげな顔をするロウガさん。

別に、彼も悪気があって誘おうとしたわけではないだろうしなぁ……。

このまま何もなしに断ってしまうのも、少し悪い気がした。

どこか代わりに――。

「あ、そうだ！　ロウガさん、俺を鍛冶屋に連れて行ってくれませんか？」

「剣を買いたいのか？」

「ええ。お金も入ったことですし、うんといいやつを」

「それなら私も連れて行ってください。手裏剣の補充をしたいです」

そういえば、ドラゴンゾンビとの戦いで使った手裏剣は下水に落ちて回収できてなかったようだからなぁ。

たくさん売っているような武器でもないだろうし、早めに注文しておくのは大事だろう。

俺とニノさんの頼みを聞いたロウガさんは、自信ありげにドンと胸を叩く。

「そういうことなら任せておけ。俺がラージャでも指折りの職人を紹介してやるよ」

「おおお！」

「ニノにもまだ教えてない名匠だ。値段は張るし、常連の紹介じゃないと仕事を受けてくれねえんだが……今回は特別だぜ？」

「ありがとうございます」

こうして俺たちは、ロウガさんの紹介で名匠と呼ばれる鍛冶屋を訪ねるのだった。


――○●○――


夜もすっかり更けた頃。

営業を終えた冒険者ギルドのカウンターで、受付嬢のルメリアは一人、仕事に励んでいた。

マスターに言いつけられた仕事が、まだ残っていたのだ。

「うーん、なかなか手の空いている人がいませんねぇ。参ったなぁ」

――Sランク冒険者で動ける者がいるか調べてほしい。

こんなマスターの命《めい》を受けて急ぎ資料を取り寄せてはみたものの。

案の定、余裕のありそうな者はいなかった。

もとより、Sランク冒険者はギルドの最高戦力として引っ張りだこである。

加えて、既に十分な名誉と財産を得ているせいか仕事熱心ではない者も多い。

文句を言われないギリギリの量だけをこなしているなんてザラ。

ひどいと、半ば消息不明状態になっている者までいるのだ。

「こうなると、やはりあの人を呼ぶしかないですか……」

とある人物の顔を思い浮かべながら、ルメリアはつぶやく。

あの人ならば、ほぼ確実に自宅にいて連絡が取れるだろう。

家を離れたくないという理由で、冒険者になることを断り続けているぐらいなのだから。

腕に関しても問題はなく、何ならSランク冒険者たちよりも強い。

しかし、いかんせん冒険者ではなく外部の人間である。

いくら実力があるとはいえ、そのような人物に簡単に頼ってしまっていいものかどうか。

冒険者ギルドの面子《メンツ》にも関《かか》わってくる問題だ。

マスターから連絡を取ってもいいと許可はもらっているが、少し悩むところだ。

「……まぁ、決断するなら早い方がいいですしね。お呼びしますか」

その人物が住む場所からこのラージャまで、ギルドの快速馬車でも約二週間の道のり。

万が一の事態が起きてから呼ぶのでは、間に合わない危険性が高かった。

受付嬢は意を決したように手を叩くと、さっそく通信用の魔法球を取り出す。

「あ、もしもし。ラージャのルメリアです。ライザ様のご予定について――」

剣聖ライザ。

当代最強の剣士として知られる彼女は、冒険者ギルドの手伝いもよくしていた。


――○●○――


「こりゃ賑《にぎ》やかなとこですね……！」

翌日。

俺とニノさんは、ロウガさんの案内で街の東を歩いていた。

工房が立ち並ぶ一角で、そこら中からカンカンと槌《つち》の音が聞こえてくる。

作業場の奥で弾《はじ》ける火花が、道を歩いてもはっきりと見えた。

職人たちの発する威勢の良い声も、そこかしこで響いている。

「熱気が伝わってきますね。少し暑いです」

「なんたって、ここには町中の工房が集まってるからなぁ。百軒はあるぞ」

「百！　そんなにもですか！」

「この街には大陸中の冒険者たちが集まります。境界の森から産出される素材もありますから、職人たちが集まるのも当然でしょう」

なるほど、需要もあれば材料の供給もあるというわけか。

それならば職人たちが集まるのも納得だ。

「ここからだと、ドワーフたちの住む国も近いからな」

「俺、ドワーフは見たことないです」

「ならちょうどいい。今から訪ねる職人もドワーフだ」

「おおお……！」

ドワーフといえば、鍛冶仕事を得意とする手先が器用な種族。

かつて英雄たちが用いた伝説の武具も、そのほとんどが彼らの手により造られたという。

確か、ライザ姉さんが持っていた剣もドワーフ製だったはずだ。

「少し気難しいおっさんだがな。腕はこの街一番だ」

「ロウガがそこまで言うなら、期待が持てそうですね」

「はい。楽しみだなぁ……！」

やっぱり、強力な武具というのはロマンがあるからね。

それに冒険者たるもの、命を預ける武器はいいものを持っておきたい。

「お、着いたぞ。ここだ」

「大きい！　さすがドワーフのお店！」

やがてロウガさんが足を止めたのは、立派な門構えをした店の前だった。

二階建てで、周囲の工房と比較して一回り以上も大きい。

壁に飾ってある武器も、見事な装飾の施された高そうなものばかり。

ここなら、凄《すご》い武器が手に入りそう――。

「ああ、そっちじゃない！　こっちだ！」

「え？」

店の脇にあった細い路地。

いつの間にかそこに進んでいたロウガさんが、俺とニノさんを呼んだ。

近づいていけば、路地の突き当たりに小ぢんまりとした工房が見える。

煙突から煙が出ていることから、一応、営業してはいるようだけれど……。

「もしかして、そこですか？」

「とても名匠のいるような場所には見えませんが……」

「大丈夫だ、こっちであってる」

ロウガさんに連れられて工房の中に入ると、さっそく熱気が吹き込んできた。

うぉ、暑い……!!

立っているだけで、頭がクラクラしてきそうだ。

たまらず噴き出した汗を拭いていると、奥から髭《ひげ》を生やした赤毛の男が姿を現す。

彼がロウガさんの言っていた名匠だろうか。

年齢はざっと見て四十歳ほど。

筋骨隆々とした逆三角形の体格をしていて、二の腕が棍棒《こんぼう》のように太い。

一方で身長はかなり低く、小柄なニノさんよりもさらに小さかった。

まさしく、噂《うわさ》に聞くドワーフの特徴そのものである。

「よう、バーグの大将！　相変わらずあちい工房だなぁ！」

「ははは！　うちの炉はそこらの安物とは火力が違うからな！」

「にしても、もうちょっと勘弁してほしいもんだよ」

「それより、そっちのヒョロイのと娘っ子は何だ？　客か？」

そう言うと、バーグさんは俺とニノさんの方を見て訝《いぶか》しげな顔をした。

ヒョ、ヒョロイ……！

そりゃあ、ロウガさんみたいな人と比べれば細い方だけどさ。

それを言われると男としてちょっとショックかも。

「こいつはジーク、こっちの娘はニノ。俺の仕事仲間さ。見た目は頼りなさそうだが、二人ともかなりの強者だぜ。特にジークは、ドラゴンゾンビをぶっ倒しちまうほどだ」

「ドラゴンゾンビをか！　そりゃたいしたもんだが……」

ずかずかと近づいてくるバーグさん。

彼はいきなり俺の腕を取ると、両手で筋肉を揉《も》み始める。

いったい、何を？

思いもよらぬくすぐったい感触に、俺はたまらず笑い出しそうになる。

「……な、なにを確かめてるんですか？」

「筋肉の質を見とるんだ。ううむ……これはよほどの鍛え方をしておるな。しかも、実に丁寧に回復されておる……」

俺の腕を揉みながら、ぶつぶつとつぶやき続けるバーグさん。

その目は真剣そのもので、完全に自分の世界へ入ってしまっているようだった。

「……なるほどな」

それからしばらくして。

腕も痺《しび》れてきたところで、ようやくバーグさんは観察するのをやめた。

彼はそのまま、ひどく真剣な顔をして言う。

「お前さん、いったいどういう鍛え方をした？」

「はい？　いや、普通に……剣を振ったりとかですけど」

「それだけではこうはならん。身体を酷使しては回復することを繰り返しでもしないと、このような状態にはならんはずだ」

「あー……」

正式に聖女となって家を去るまでは、ファム姉さんが剣の鍛錬に同席してくれてたんだよな。

そして俺が限界を迎えると、すかさず治癒魔法を掛けるのだ。

これが一回きりなら、素直にファム姉さんの好意に感謝したのだろうけど……。

限界を迎えては回復され、また限界を迎えては回復をされ……。

こんな調子で繰り返されるものだから、逆に物凄くきつかったんだよね。

なまじ再生能力があるがゆえに痛めつけられる魔物とか、そんな気分になれる。

「思い当たる節があるようだな？」

「ええ、まあ。……もしかして俺の身体、なんかヤバいんですか？　無茶し過ぎたせいでボロボロだったり？」

「とんでもない！　逆だ、これほど密度の高い良い筋肉は初めて見たぞ！」

急に眼を輝かせ始めたバーグさん。

彼はどこかうっとりとした表情で、筋肉について熱っぽく語りだす。

「俺もドワーフとして筋肉には自信があった。だが、お前さんとは比べ物にならん！　本当にほれぼれするような筋肉だぞ。至宝だ、筋肉界の宝だ！　まったく素晴らしい！」

「は、はぁ……」

「しかしその筋力だと、並の剣では耐え切れんだろう。待っていろ、すぐにその腕にふさわしい剣を持ってくるからな！」

そう言うと、バーグさんは凄い勢いで工房の奥へと走っていった。

……何がどうしてこうなった？

取り残されたような形となった俺は、すぐにロウガさんとニノさんの方を見やる。

「……筋肉に目がないのはドワーフの性《さが》だからな」

「ええ、気にする必要はないでしょう。……くすっ」

「あ、ニノさん笑った！　俺が困ってるのを見て笑った！」

「笑ったりなどしていません。これは……くしゃみです！」

「そんなくしゃみないですよ！」

そのままあだこうだと言い合う俺とニノさん。

しかしその数分後。

俺たち三人は、バーグさんの持ってきた剣を見て大いに驚くのだった——。

間話

剣聖対古代ゴーレム

ジークことノアたちが、ロウガの案内で買い物をしていた頃。

剣聖ライザは王からの呼び出しを受け、城を訪れていた。

弟の捜索に忙しいと断ろうとした彼女であったが、さすがに王命とあれば断れない。

不機嫌さが顔に出てしまうのを抑えながらの、渋々の登城であった。

「剣聖ライザよ、よくぞ参った」

「はっ！　王のご用命とあれば、いつでも馳《は》せ参じましょう」

「うむ、大儀じゃ。してのう、今日はそなたに見てほしいものがあってな」

はて、いったい何であろうか？

つい先日も、交易商から求めたという南方産の珍しい猫を披露されたばかりであった。

自慢のために呼び出したのであれば、今はそれどころではないのだが。

ライザは思わず文句を言いたくなったが、文句を腹の中に抑え込む。

ノアが家を出てから、はや一か月近く。

その間、あちこちの伝手《つて》をたどって情報をかき集めてはみたものの。

今のところ、手掛かりはまったくといっていいほどつかめていなかった。

おかげでライザの精神状態は、お世辞にも安定しているとはいいがたい。

ともすれば、王の御前でも不機嫌になりかねなかった。

「ん？　どうした、具合でも悪いのか？」

「いえ、そのようなことは」

「そうか、ならば良いのだが。今日は少し、動いてもらうつもりじゃったからの」

「……ほう？」

「見ればわかる、ついてまいれ」

玉座から立ち上がり、取り巻きを引き連れて歩き出した王。

彼に続いて、ライザは城の中にある練兵場へと移動した。

城に常駐している約百名の近衛騎士団。

彼らが存分に訓練できるようにと設計された練兵場は、かなり広々とした作りになっている。

その中央に、何やら見慣れない物体が佇《たたず》んでいた。

金属製のゴーレムのようであるが、全身に細い管のようなものが張り巡らされている。

「ライザよ、あれが何かわかるか？」

「ゴーレムでございますか」

「そうじゃ。しかし、ただのゴーレムではない。古代遺跡から発掘されたアーティファクトでな、古代の武器が内蔵されておるのじゃ」

アーティファクトと聞いて、ライザのゴーレムへの注目度が少し上がった。

本当だとするならば、あのゴーレムには値が付けられないほどの価値があるはずである。

王から散々珍しい文物を見せられてきた彼女であったが、アーティファクトはこれが初めてだった。

「どれ、マグレブよ。さっそくこいつを動かしてくれ」

「ははっ！　かしこまりました」

ローブを纏《まと》った魔導師風の男が、王の前へと進み出てきた。

彼が大仰《おおぎょう》な仕草で杖《つえ》を振り上げると、それに合わせてゴーレムが立ち上がる。

身の丈はざっと三メートルほどであろうか。

全身が金属でできたその姿は、さながら鋼《はがね》の騎士。

王が自慢するのもよくわかる見事な勇姿だ。

「驚くのはまだ早い。マグレブ、あれを使えい！」

「はっ！」

王の命令に合わせて、マグレブが杖を振り上げる。

たちまち、ゴーレムの腹から筒を束《たば》ねて塊にしたような物体が飛び出す。

そして――。

「おお……！」

「す、すごい！」

――ダダダダダダダダッ!!

軽快に響き渡る炸裂音《さくれつおん》。

それと同時に、練兵場の端に置かれていた訓練用の人形が跡形もなく消し飛んだ。

さらにその奥にある城壁にも、たちまち無数の穴が開く。

もしその場に人間が立っていたならば、木っ端微塵《こっぱみじん》にされてしまうであろう圧倒的な威力。

王に同行していた貴族や騎士たちは、揃《そろ》って驚きの声を上げた。

「驚いたかの？　これはガトリングガンと呼ばれる古代の武器でな。筒に仕込まれた炸裂魔法の力で、小さな鉄の礫《つぶて》を毎分二百発も放つそうじゃ」

「……大したものです。噂《うわさ》では耳にしたことがありますが、動くものは初めて見ました」

「そうじゃろう、そうじゃろう！　世界広しといえども、これだけ状態がいい古代武器はほとんど残っておらん！」

「ええ、ないでしょうね」

「……そこでなんじゃが、ライザよ。おぬし、こいつと戦ってみてくれぬか？」

「はい？」

ワクワクした様子で頼む王に、ライザの反応が少し遅れた。

急に話を切り出されたので、さすがの彼女も驚いてしまったのだ。

それを見ていたマグレブが、すぐさま笑いながら言う。

「王よ、いくらなんでもそれは酷《こく》というもの！　剣でこのゴーレムに勝てるわけがございません！　よくお考えくださいませ」

「そうかのう？　ライザは剣聖であるぞ？」

「それでもです。このゴーレムは古代の叡智《えいち》を結集して作られた兵器！　原始的な武器である剣で勝てるわけがないでしょう」

「マグレブ殿、それは聞き捨てなりません」

あまりにひどい言い草に、ライザは不快感をあらわにした。

するとマグレブは、ゴーレムを見やりながら余裕たっぷりに言う。

「ならば戦いますか？　あのゴーレムと」

「ええ、いいでしょう」

「ほう！」

あまりにもためらいのない返答に、今度は王とマグレブの方が驚いた。

話を振ってはみたものの、本当に勝負を受けるとは思っていなかったのだ。

「やってくれるか！」

「ええ」

「しかし、いいのですか？　あのゴーレムは、簡単な命令を聞くことしかできません。よって手加減などは――」

「一切《いっさい》必要ありません。全力で動かしてください」

「……後悔しても知りませんぞ」

杖を握りしめ、ムッとした顔をするマグレブ。

そうしている間にも、ライザはゴーレムの前へと移動した。

抜剣。

鍛え抜かれた鋼が、陽光の下で白く光る。

「王よ、私が戦いに勝ったら一つ願いを聞いていただいてもいいでしょうか？」

「何じゃ、申してみよ」

「私の弟が、ひと月ほど前から行方《ゆくえ》をくらませております。それを探すのに忙しいので、しばしお暇をいただきたい」

「あいわかった。約束しよう」

王からの返答に、満足げにうなずくライザ。

彼女は改めて、剣を正眼に構えた。

その場の雰囲気が、にわかに変わった。

先ほどまで騒いでいた貴族や騎士たちも、水を打ったように静まり返る。

その変化を察知した王は、すかさず右手を上げて宣言する。

「勝負、はじめ！」

――ダダダダダダダッ!!

再び響く炸裂音。

ゴーレムの腹から飛び出した数百もの鉄礫が、容赦なくライザを狙《ねら》う。

一発でも当たれば、人間の体など容易《たやす》くうち砕いてしまうであろう鉄の嵐《あらし》。

しかし次の瞬間、ライザの口元は笑みを浮かべた。

「なっ⁉」

「馬鹿《ばか》な！」

「あやつ……斬《き》っておるぞ！」

――キンキンキンキンキンッ!!

飛び散る剣火、響き渡る金属音。

目に映らないほどの速さで振るわれた剣は、さながら結界のようにライザの身体を守る。

数百もの鉄礫はすべてこれに弾かれ、火花となって散っていった。

「し、信じられん……！　本当に人間か⁉」

「そろそろ、こちらから行かせてもらいましょう」

「くっ！　ゴーレムよ、押しつぶせ！　ミスリルでできたお前の身体ならば、簡単に斬れやしな――」

マグレブが言葉を言い終わらないうちに、ライザが駆けた。

閃《ひらめ》き、宙を切る刃。

その直後、ゴーレムの身体から激しい火花が上がった。

さらに鋼が引き裂かれるような高音が響き、巨体が縦に割れていく。

――ガランッ！

金属製のゴーレムが二つになって地面に転がった。

「おお、おお……‼」

「これが剣術の極《きわ》みか！」

「古代の叡智《えいち》が……究極の兵器が……！　まさか、敗れるとは！」

「では早速ですが、約束を守っていただきましょう。失礼いたします」

劇的な勝負にどよめく王たちを尻目《しりめ》に、その場を立ち去るライザ。

彼女のもとへ冒険者ギルドから緊急の連絡が届くのは、この後すぐのことであった――。

第四話

黒剣

「おお……真っ黒……！」

バーグさんが工房の奥から持ち出してきたのは、黒々とした細身の剣であった。

この感じ、普通の金属でできているわけではないようだ。

不思議な光を放つ剣身は、非常に色の濃いガラスか何かのように見える。

こんなのは俺《おれ》も初めてだな。

剣聖であるライザ姉さんは、古今東西のさまざまな剣を収集していたけれど……。

その膨大なコレクションの中にも、類似するものはなかった。

「珍しい剣ですね。何でできているんですか？」

「ふふふ……何だと思う？」

「感じからすると、石か？　黒曜石に少し似ているが」

「違う違う！　そんな安い材料のわけがあるか！」

首を思い切り横に振り、ずいぶんと憤慨《ふんがい》した様子のバーグさん。

どうやらこの剣、かなり希少な材料で作られているようだ。

もしかして、宝石か何かだろうか？

「持たせてもらってもいいですか？」

「ああ、いいぞ。ただし、めちゃくちゃ重いから気をつけろ」

「うおっ！　ほんとですね！」

手のひらにずしりと食い込むような重量感。

まるで鉛《なまり》の塊か何かのようである。

密度が高いとでもいうべきだろうか。

試しに軽く振ってみると、ビョウッと鋭い風切音がした。

これは、凄いな……！

今まで振るってきた数打ちの剣とは、明らかにモノが違った。

先ほどまで重く感じていたのが嘘《うそ》のように、手に馴染《なじ》んでくる。

「良い剣だ……！」

「だろう？　俺《おれ》が鍛え上げた中でも最高傑作だ！」

「……それで、この剣は何でできているのですか？　そろそろ教えてください」

たまりかねたように、ニノさんが尋ねた。

そうだった、そこをまだ聞いていなかった。

俺たちが揃《そろ》って視線を向けると、バーグさんはふふんっと鼻を鳴らして得意げに言う。

「隕石《いんせき》さ」

「ほう？」

「俗にいう隕鉄《いんてつ》ってやつだな。元はこんなにデカイ隕石だったんだが、溶かしてみたらこの大きさになっちまった」

両手を目いっぱいに広げ、大きさを表現するバーグさん。

その様子からすると、隕石の直径は二メートルぐらいはあったのだろう。

なるほど、それだけ大きな物体が凝縮されたから、重くて硬いというわけか。

「こいつは俺が知る中で最も頑丈な剣だ。ドラゴンが踏んでも折れやしねえだろう。お前さんが全力で使っても平気さ」

「ありがとうございます！」

「それから、この素材にはひとつ面白《おもしろ》い性質があってな」

そう言うと、バーグさんは部屋の端に置かれていたランプを手に取った。

魔石を輝かせるタイプのものである。

彼はそれに火を灯《とも》すと、そのまま剣へと近づける。

「あっ！」

剣の切っ先がランプに当たった途端、急に光が失われた。

ガラスの中で輝いていた魔石から、金色の靄《もや》のようなものが抜け出す。

それはそのまま、俺が構えていた剣の中へと吸い込まれていった。

「今のはひょっとして……魔力か？」

「そうだ。この剣に使われている隕鉄には、魔力を吸い込んで溜め込む性質がある。これをうまく使えば、魔法を切って無効化するようなこともできるな」

「へぇ……！」

剣士が一番苦労するのが、攻撃魔法への対策である。

俺の場合、防御魔法を使えるからまだマシなのだけれど……。

剣で防げるというなら、それが一番楽でありがたい。

「まぁ、無限に吸い込めるわけじゃないがな。ある程度吸ったら吐き出す必要がある」

「ん？　ということは、あらかじめ魔力を溜《た》めておけば、剣から魔法を出すこともできるってことですか？」

「ああ、できるぞ。この剣に使った隕石はオークションで買ったもんだが、杖《つえ》を作るための素材として競り落とそうとしてたやつも何人かいた」

「そりゃすごい！　剣から魔法を出せたら、戦いの幅が広がるじゃないですか！」

俺がそう言うと、なぜかニノさんとロウガさんは渋い顔をした。

それだけではない。

先ほどまで嬉《うれ》しそうに剣の説明をしていたバーグさんまでもが、困ったような顔をしている。

その顔はまるで、夢見がちな子どもでも相手にしているかのようだった。

「うーん……戦いに魔法を組み込むのは、やめておいた方がいいぞ」

「どうしてですか？」

「剣ができて魔法もできるってやつは、たいがいその両方を活《い》かそうとするんだけどな。今まで、それでうまく行った奴《やつ》を見たことがない」

ロウガさんの意見に同意して、ニノさんとバーグさんがうなずく。

うまく行きそうに思ったんだけど、なかなか難しいのか。

そういえば、姉さんたちも半端《はんぱ》はいけないって言ってたなぁ。

まずはそれぞれの道を十分に極《きわ》めてからとか何とか……。

「だいたい、ジークが得意なのは光魔法ですよね？　あれは主に回復と浄化の属性ですから、戦闘に使うには向いてないと思いますが」

「いや？　別に光が得意ってわけじゃないよ」

「え？　練度の高いサンクテェールを使っていたではありませんか！」

戸惑った様子を見せるニノさん。

そう言われても、取り立てて光だけができるってわけじゃないからなぁ。

シエル姉さんとファム姉さんから、魔法については一通りすべての属性を叩《たた》き込《こ》まれている。

もっとも、そのどれもが姉さんたちに言わせれば「普通ぐらいの才能」って話だったけど。

一つでも何か得意な属性があれば、良かったんだけどなぁ……。

「まさかジーク、他の属性魔法も光と同じぐらい使えるとか言わねえよな？」

「はい。その通りですけど……」

「…………前言撤回しよう。ジークなら、うまくやれるかもしれん」

どこか察したような口調で告げるロウガさん。

彼に合わせて、ニノさんとバーグさんもまた深々とうなずくのだった――。


――○●○――


「それでなんですが……この剣って、結局いくらするんですか？」

渡された鞘《さや》に剣を納めると、恐る恐る尋ねる。

材料として貴重な隕鉄を使っていることはもちろん、最高傑作と呼ぶほどの仕上がりである。

バーグさん自身が超一流の職人であるし、相当な金額になるのではなかろうか。

一応、手元には一千万ゴールドほどあるけれど……。

さすがにこれほどの品を買うとなると、少し心もとない。

「そうだな、まず隕石の落札費用だけで一千万かかっている」

「おお……」

「さらに、そいつを溶かすのに高価な炎水晶を大量に使った。そこへ俺自身の手間賃が一月分で……」

ブツブツと計算を始めるバーグさん。

作ったはいいが今まで持て余してきた品らしく、売値をしっかり考えていなかったようだ。

……アエリア姉さんがいたら、基本がなってないって怒りそうだな。

「よし、三千万ってとこだな」

「三千万⁉」

俺だけでなく、ロウガさんとニノさんまで一緒になって声を発した。

三千万ってそれ、都会に一軒家が建てられる値段だぞ！

使った材料と鍛冶師の腕を考えれば、妥当な金額だとは思うけれど……。

さすがにちょっと厳しすぎる金額だな。

冒険者として順調に出世したとしても、そんなお金いつになったら稼げることか。

ドラゴン素材のようなものは、そうそう手に入るようなものでもないしな。

「ううーん……さすがにそんな大金は……」

「今後を見据えても、用意するのはかなり厳しいでしょう」

「だろうな。お前さん、今いくら持っている？」

これは、どう答えるのがいいんだろうな？

下手な駆け引きなどせずに、正直に言うのが一番だろうか。

アエリア姉さんも、商売の基本は素直さと言っていた気がするし。

「だいたい一千万です」

「なるほど。じゃあ、条件を満たしてくれればその金額で売ってもいい」

「本当ですか⁉」

「ああ。こっちとしても、まったく買い手がつかずに困っていたものだからな。それだけ重量のある剣となると、使いこなせる人間なんてほとんどいねぇんだ。それに腕力のあるやつになればなるほど、デカい武器を好むしな。極上の隕鉄が入ったってことで、俺もそんなに後先考えずに作っちまったんだよ」

俺としたことが失敗だった、と軽く自虐をするバーグさん。

へえ、そういうものなのか。

斬撃を飛ばせば、武器の大きさとかあまり関係ないと思うんだけどなぁ……。

むしろ、大きいと取り回しが面倒な場合も結構あるような気がする。

ダンジョンの中とか狭い通路も多いしね。

「わかりました。一千万でこれを売ってくれるのなら、買いましょう！」

「よっしゃ、商談成立だな！」

「……で、条件というのは？　あまり無茶なものだと……その……困るんですけど」

何せ、一気に二千万ゴールド分の値引きである。

よっぽどきつい条件ではないのだろうか。

さすがに、犯罪行為とかそういうのだと困るのだけども。

二千万って、田舎《いなか》にちっちゃい家が建つぐらいの金額だからね。

すると俺の心配を察したらしいバーグさんが、豪快に笑いながら言う。

「なぁに、大したことない！　俺が出す依頼をこなして、この剣の持ち主としてふさわしい実力を見せてくれってことだ」

「そういうことですか。……でも、本当にそれで二千万も値引きしていいんですか？」

「もちろん！　武器ってのは、それをきちんと扱えるやつに持ってもらうのが一番だからな。ずっと売れなかった武器だし、構いやしねえ」

そう言うと、再び腰に手を当てて笑うバーグさん。

何とも気前のいい話があったものである。

それだけ、バーグさんが普段から稼いでいるということなのだろう。

よくよく見れば、彼の奥歯には金歯が交じっていた。

「その依頼の内容とはなんでしょう？」

「ロックタイタスの甲羅を集めてきてくれ。砥石《といし》として使っている素材なんだが、最近は供給が不安定でな。まとめて確保しておきたいんだ」

「ロックタイタスというと、Aランクに近いBランクですね。非常に防御力が高いので、剣士だと討伐《とうばつ》が難しいモンスターです」

さらさらっと解説してくれるニノさん。

さらにつけ加えるなら、ロックタイタスは巨大な亀である。

……なるほど、これは良い相手だな。

剣を十分に使いこなさなくては、斬《き》れない魔物だ。

二千万も値引してもらうことを考えれば、少し易しすぎるかもしれないけど。

「よく知ってるな、お嬢ちゃん。だが、これぐらいはしてもらわないと剣にふさわしい者とは言えねえだろう」

「そうですね、頑張ります！」

「よし、じゃあギルドに正式な依頼として出しておこう。依頼をこなすまでの間、その剣は暫定的に貸し出しだ」

「ありがとうございます！」

俺はバーグさんと握手をすると、深く頭を下げた。

いやぁ、まさかこんないい剣を手に入れることができるとは。

お値段はさすがに高かったけれど、いい取引をできたと思う。

こうして俺が一息ついていると、入れ替わりにニノさんとロウガさんが語りだす。

「……ロックタイタスの討伐に行くなら、やはり手裏剣が必要ですね。この店にありますか？」

「ああ、それならそこの棚に入っている」

「じゃあ、俺は亀野郎を足止めするための盾を頼もうか。この盾の強化、二十万でできないか？」

「引き受けよう。特別料金だぞ」

「あ、あの!!」

放っておけば、延々と話を続けてしまいそうな二人を急いで止めた。

そしてニノさんとロウガさんの方を、よくよく見ながら言う。

「二人とも、俺と一緒に依頼に出るつもりなんですか？」

「ああ、そうだが？」

「だって、俺たちはまだパーティでも何でもないんですよ。手伝う必要は……」

地下水路の調査が終わってしまった以上、俺たちの間を縛るものは何もない。

そう、言ってしまえば今の俺たち三人は何の集まりでもないのである。

知り合いが買い物に行くからついていった、ただそれだけの話なのだ。

しかし――。

「水くせえなぁ！　困ったときは黙って助け合うのが冒険者ってもんだぜ！」

「……不本意ですが、あなたがクルタお姉さまに近づきすぎないように監視する必要がありますので。それにロックタイタス関連の依頼は間違いなくBランクとして扱われます。私たちとパーティを組まないと、受けることすら困難なはずですよ？」

……ああ、言われてみればその通りだ。

パーティのランクというのは、そこに所属する冒険者のうち一番ランクが高い人に合わせられる。

例えば俺と二人が組んだ場合は、Bランクとして扱われるのだ。

逆に、俺単体だとまだDランクなので依頼を受けること自体ができない。

「二人とも……！　ありがとうございます、ありがとうございます！」

二人に向かって何度も感謝を告げる俺。

こうして俺たち三人は、再びパーティとしてロックタイタスの討伐へと向かうのだった――。


――○●○――


バーグさんの工房からの帰り道。

俺たち三人は、さっそくギルドに立ち寄ってパーティ結成の申請を出した。

ロックタイタスの討伐依頼を、皆で一緒に受けるためである。

明日、依頼を受ける時に申請を出しても別に問題はなかったのだけれど。

基本的に、ギルドって朝の時間は混雑するからね。

「不備は……ありませんね。承りました」

書類のチェックを済ませると、受付嬢さんはご機嫌な笑みを浮かべた。

なんだろう、いいことでもあったのかな？

いつも以上に笑顔が輝いて見える。

「やけにいい顔してますね。何かあったんですか？」

「わかります？　懸案事項が片付いて、今夜はたっぷり寝られそうなんですよ。五時間ぐらい！」

へえ、五時間か……。

若干短い気もするけれど、気のせいだろうか？

人間は一日八時間ほど眠ると良いとか、聞いたことがあるようなないような……。

まあ、本人がすごく幸せそうだから何も言わないけれども。

冒険者ギルドって、営業時間も長いし仕事も多いからきっと大変なんだろうなぁ。

「懸案事項っていうと……もしかして、地下水路の件か？」

声を潜めつつも、ロウガさんが尋ねる。

すると受付嬢さんは「ええ、まあ」と若干ぼかしつつもうなずく。

「調査隊の手配が完了しまして。優秀なAランク冒険者が集結してくれたんです」

「そうそう、僕も参加するんだよ」

「ええ、クルタさんも……って⁉」

いつの間にか、俺たちの背後にクルタさんが立っていた。

彼女はにゃぁッといたずらっぽい笑みを浮かべると、こちらに近づいてくる。

「クルタさん！　聞いてたんですか？」

「まあね。ダメじゃないか、調査隊については公表してないんだろう？」

「いえ、その。この方たちが例の魔物を発見したパーティなんですよ」

正確にはもう一名、冒険者ではない方がいたのですがと付け加える受付嬢さん。

それを聞いたクルタさんは、俺の顔を見ると何やら納得したようにうなずく。

「ふぅん。新人がやったって聞いて、もしかしてと思っていたけど……やっぱり君だったか」

「あはは……期待してもらってたようで」

「期待というか、不安かな？　君は絶対に何かやらかすと思ったからね」

不安って、俺そんなに危ない人に見えるのかな？

自分では割とおとなしい方だと思うんだけどな……。

今回の件にしても、俺はあくまで第一発見者だからね。

別に、自ら事件を起こしたわけじゃないぞ。

「そんなことよりお姉さま！　調査隊に参加するというのは本当ですか⁉」

急に、ニノさんがクルタさんと俺の間に割り込んできた。

その勢いときたら、いつもローテンションなニノさんとは思えないほどだ。

瞳《ひとみ》にきらり星が浮かんでいるのが見える。

そういえば、ニノさんはクルタさんのファンだって最初に会った時に言ってたなぁ……。

「ああ、そうだよ」

「気をつけてくださいね。あの地下水路の奥には、かなり危険な魔物がいると思いますから。お姉さまに万が一のことがあったら、私は――」

「大丈夫だよ、僕はこれでもAランクだからね。何かあっても簡単にやられたりしないさ」

「もちろん存じています。ですが、地下水路にいる脅威は得体が知れません」

「わかってるわかってる。けど、今回は僕としても因縁がありそうでね。どうしても行きたいのさ」

クルタさんの顔が、にわかに険しくなった。

先ほどまでの飄々《ひょうひょう》とした気配はなくなり、かなり深刻な雰囲気だ。

そういえばクルタさんについて、何か仔細ありげなことを前に受付嬢さんが言ってたな。

もしかして、それに関《かか》わる話であろうか？

「因縁……ですか」

「なに、よくある話さ。僕は昔から、故郷を滅ぼしたとある魔族を追っていてね。そいつの得意としている魔術が死霊魔術なのさ」

「なるほど。それで今回の事件を聞いて、その魔族と関わり合いがあるかもしれないと」

「ああ。とはいっても、死霊魔術を扱う魔族なんて多いからね。ハズレかもしれない」

口ではそうは言いつつも、クルタさんの眼は確信に満ちていた。

冒険者の勘とでもいうべきであろうか。

理由は定かではないが、関連性を信じるに足りるだけの何かがあるようだ。

「……そういうことでしたら、ぜひこれを」

俺は懐《ふところ》から手のひらサイズの小袋を取り出すと、クルタさんに差し出した。

たちまち、彼女は興味深そうに目を細める。

「なんだい、これは？」

「お守りですよ。中に入ってる魔石に光魔法が仕込んでありまして。瘴気《しょうき》を少しですけど防いでくれるんです」

「へえ、それはなかなか便利だね」

「ジークにしては気が利《き》くではありませんか。お姉さま、ぜひ持って行きましょう！」

そう言うと、なぜかニノさんがお守りをひったくっていった。

そして何か呪文《じゅもん》のようなものをブツブツとつぶやいてから、改めてクルタさんにそれを手渡す。

……いま、明らかに何か仕掛けたよな？

ほんのわずかにだが、魔力の揺らぎのようなものを感じたぞ。

「……ニノ、お前いま何か仕掛けなかったか？」

「な、なにを言っているのですかロウガ。何もしていませんよ！」

「そうか？」

「僕は構わないよ。ニノが僕にとって悪いことをするはずもないし」

そう言って笑うと、クルタさんはお守りを懐《ふところ》にしまい込んだ。

そして「じゃあね」と手を上げると、そのまま歩き去っていく。

さすがはAランク冒険者、懐が深いな。

「さて、俺たちも帰るか」

「そうですね、早く帰って明日に備えましょう」

「しかし、調査隊ですか。何事もないといいんですけど……」

「お姉さまがいるのです。何があってもうまく行くに決まっています」

よほどクルタさんを信頼しているのか、きっぱりと言い切るニノさん。

まあ、ここで俺たちができることは特にないしなぁ。

せいぜい、自分たちの方でもしっかり仕事を成功させるぐらいか。

こうして俺たちは、明日の依頼に備えて、ひとまず宿に戻ったのだった。

第五話　湿原の主

ラージャの街から見て、西に広がる境界の森。

その端に沿うようにして、南へ半日ほど歩いたところに大きな湿地帯がある。

パンタネル大湿原。

一年の半分ほど雨が降り、昼でも白い霧が立ち込める不気味な土地だ。

生息する魔物も強力な種が多く、ベテランの冒険者でなければ滅多《めった》に訪れない場所らしい。

Bランクのロウガさんたちでも、来るのは久しぶりだそうだ。

「……蒸し暑いですね」

足を止めて、額に浮いた汗を拭う。

ねっとりと湿った空気が、身体に纏《まと》わりつくようだった。

足場も悪いので、歩いているだけでも結構ハードだ。

「そろそろ一休みしよう。ロックタイタスがいるのはもう少し先だ」

「ロウガさんは、前にもロックタイタスと戦ったことがあるんですか？」

「まあな。前もバーグの親父からの依頼だった」

「へぇ……」

それは心強いな。

もっとも、あくまで俺《おれ》が受けた依頼だからロウガさんに頼り過ぎてはいけない。

仲間として助けてもらう程度にとどめておかないと。

「ロックタイタスなんていうのは、要はバカデカい亀だ。嚙《か》みつきにさえ気をつけていれば、ジークならまず負けないだろう」

「嚙みつき、ですか」

「そう。首を伸ばして、一気に食いついてくるんだ。この嚙みつく力が強いのなんの。こんなでかい岩でもバリボリ食べちまうんだぜ！」

そう言うと、両手を大きく広げるロウガさん。

そんな攻撃を食らったら、人間の身体なんてひとたまりもないな。

俺がごくりと唾《つば》を呑《の》み込《こ》むと、今度はニノさんが告げる。

「あと注意すべきは、湿原の環境です。稀《まれ》にですが、底なし沼のような場所があります」

「うわ……そりゃ厄介ですね。見分け方とかはありますか？」

「周囲と比べて、わずかにですが地面の色が濃いです。例えば……あそことかそうですね」

そう言ってニノさんが指さしたのは、俺たちの前方十五メートルほどの場所だった。

よくよく目を凝《こ》らしてみると、楕円《だえん》形の範囲で地面の色が濃くなっている。

「見ていてください。それっ！」

地面に落ちていた長くてまっすぐな木の枝。

それを拾い上げると、ニノさんは槍《やり》投げのようなフォームで投げた。

綺麗《きれい》な放物線を描いた枝は、そのまま色濃くなっている地面の中心に突き刺さる。

すると人の背丈ほどの長さがある枝が、あっという間に呑《の》み込まれて行ってしまった。

枝の先が見えなくなるまでに、十秒もかからなかったのではなかろうか。

水を吸って重くなっていた枝であろうが、とんでもない速さだ。

もしあそこに足を踏み入れていたら……ぞっとしない想像だな。

「底なし沼の怖さ、わかりましたか？」

「ええ。戦うときは足元にも注意ですね」

「逆に上手《うま》く利用して、獲物を落とすこともできるのですけどね」

自分が落ちる危険性もあるので、あまり推奨しませんがと付け加えるニノさん。

苦戦するならともかく、余裕があるなら使わない方がいい方法だな。

最悪、敵に押し込まれてしまう危険性もあるし。

「ま、ジークなら正攻法で勝てるだろ。その剣もあるんだしな」

「ええ。これなら、ロックタイタスの甲羅でも斬れると思いますよ」

バーグさんから借り受けた黒い剣。

強靭《きょうじん》な隕鉄《いんてつ》によって造られ、切れ味にも優れたこいつならば硬い甲羅もスッパリだろう。

むしろ、斬れ過《す》ぎる武器であるだけに逆に扱いが難しそうだ。

鞘《さや》に納めるとき、指とか切り落としてしまいそうで怖い。

「いや、甲羅を斬れるってどんだけだよ……」

「これだけの剣があれば、それぐらいできません？」

「できねえよ！」

ぶんぶんと首を横に振るロウガさん。

そんなに強く否定することかなぁ？

姉さんは『剣士ならば、木刀で斬鉄ぐらいできて当たり前』とか言っていたけれど。

やっぱり特殊な基準だったのか……？

「そろそろ行きましょう」

「ああ、そうだな」

再び歩くことしばし。

白い霧の向こうに、巨大な黒い影が見えてきた。

山と見まごうばかりのそれは、ゆっくりとではあるが動いている。

間違いない、ロックタイタスだ。

しかも、一体だけでなく複数いる。

「いましたね」

「ああ、思った以上に多いな」

「私が飛び道具で一体をおびき寄せましょう。ロウガ、護衛を頼みます」

「わかった。それで、俺たちが引き付けているうちにジークがズバッとやるわけだな？」

「ええ」

うなずくニノさん。

なるほど、作戦はそれで問題なさそうだな。

俺は食いついてきた敵にできるだけ強力な一撃を浴びせればいいってわけか。

「ではいきます。それっ！」

懐《ふところ》から手裏剣を取り出し、放つ。

十字の刃は激しく回転をしながら、振り子か何かのように急な曲線を描いた。

そして、ロックタイタスの頭に向かって勢い良く吸い込まれていく。

「グオオ！」

およそ亀らしからぬ声を上げたロックタイタス。

その巨体は、これまた亀らしからぬ速さで動き出した。

――ズシン！

ロックタイタスが象のような足を踏み出すたび、地面が震える。

改めて見ると、やはりとんでもない大きさだな。
ちょっとした城ぐらいはあるぞ。
「こっちだ、こっち!!　こいよ！」
盾を構え、敵の注意を自身へと誘導するロウガさん。
次の瞬間、ロックタイタスの首がグィンッと大きく伸びた。
ワニのような顔と巨大な牙《きば》が、ロウガさんの盾を掠《かす》めていく。
あれが嚙みつき攻撃か、確かに凄い勢いだな！
直撃すれば、たとえ大盾を構えているロウガさんでもタダではすむまい。
けど、隙は結構でかいぞ……！
「とりゃああっ！」
ロックタイタスの伸びきった首。
それが元に戻るまでに、それなりの間があった。
俺はすかさず黒剣を振り上げると、亀の首に向かって思い切り斬りつける。
――ズバァン！
気持ちが良いほどの切断音。
碧《あお》の体液が飛び散り、斬られた頭が宙を舞う。
「よし、まずは一体！」

振り向けば、既に二体目が迫ってきていた。

それだけではない、三体目や四体目までが動き出している。

どうやら、俺たちの存在を早々に群れの脅威と認識したようだ。

亀だというのに、反応が思っていたよりもずっと早い。

これはちょっと……予想外だぞ。

「おいおい！　こんな一気に来るのは初めてだな！」

「野生の魔物は、本能で敵の強さを感じるそうです。もしかすると、ジークがあまりにも強すぎたのかもしれません」

「俺のせいですか!?」

「ははは、強いと認められて光栄じゃねえか！　こうなりゃ、まとめてやるぞ！」

号令をかけると同時に、俺たちを守るべく前に出たロウガさん。

こうして乱戦が始まるのだった——。


——○●○——


「グオオオッ！」

亀らしからぬ唸《うな》りを上げ、突進してくるロックタイタスの群れ。

その動きは、これまた亀らしからぬ程に速かった。
立ち込める霧の向こうから、小山のような巨体と金色の眼が迫ってくる。
「くっ！　なかなか重いな！」
パーティの前面に立ったロウガさんが、敵の噛みつき攻撃をいなしていく。
さすがはBランク冒険者。
手にした巨大な盾で、上手く突撃してくるタイタスたちの頭をそらしている。
しかし、集まる敵の数が増えるにしたがってそれも苦しくなってくる。
「こちらです！　はぁっ！」
ロウガさんをサポートすべく、手裏剣を投げるニノさん。
特殊な投擲《とうてき》技術でも使っているのだろうか。
黒い刃は、さながら紐《ひも》で操《あやつ》られているかのように縦横無尽の軌道を描く。
――カンカンカンッ！
タイタスの甲羅に攻撃が当たり、金属音を響かせる。
どうやらこいつら、図体は大きいが頭は悪いらしい。
手裏剣の軌道が曲がっていたことを理解できず、見当違いの場所へと誘導されていく。
「うおおおっ！　せいっ！」
ロウガさんとニノさんが作ってくれた隙《すき》をついて、タイタスに斬撃を食らわせる。

閃《ひらめ》く黒い刃。

タイタスたちの首が飛び、血の華が咲く。

鍛え上げられた隕鉄の剣は、タイタスたちの強靭《きょうじん》な外皮を紙のごとく切り裂いた。

「グオオオオッ！」

「ん？」

どこからか、地鳴りにも似た叫びが聞こえた。

こいつは一体……。

タイタスたちは急に動きを止めると、すぐさま後退を始めた。

俺たちは遠ざかっていく群れを見ながら、互いに顔を見合わせる。

「なんだ……？　急に大人しくなったな」

「ちょっと嫌な予感がしますね」

「あれを見てください！　何かが……来る！」

ニノさんが指さした先には、周囲より一回りほど大きいタイタスがいた。

その甲羅は赤く燃えていて、そこかしこに空いた穴から蒸気が漏《も》れだしている。

まるで火山でも背負っているかのようだ。

ロックタイタスではないな……。

俺がとっさにロウガさんの方を見やると、彼は苦々しい顔をして舌打ちする。

「ありゃマグマタイタスだな、ロックタイタスの亜種だよ」

「強いのですか？」

「単純な強さなら、ロックタイタスと大して変わらねえが……来るぞ！」

ロウガさんが叫ぶと同時に、マグマタイタスの口から蒸気が噴出した。

あつっ!!!!

直撃は避けたものの、猛烈な熱気が伝わってくる。

落ちていた枯れ枝が燃えた。

見た目こそ蒸気だけれど、ほとんど火炎放射みたいな威力だな……！

「やつの蒸気が直撃したら、人間はひとたまりもねえ！　しかも全身から熱を発してるから、近づくだけでも火傷《やけど》しちまう！」

「それ、ロックタイタスより明らかに強いのでは？」

「甲羅が柔い上に、ロックタイタスにあった魔法耐性がまったくないんだよ。動きも遅いから、魔導師さえいれば楽に倒せる。だが、剣士にとっちゃロックタイタスよりもさらに相性《あいしょう》が悪いな」

なるほど、ロックタイタス以上に近接職殺しとして特化してるタイプか。

でもそれならば、対処のしようはある。

俺の黒剣は魔法の発動触媒としても優れた特性を持つ。

斬撃に魔力を乗せて打つなんてことも、できなくはないはずだ。

俺が使える魔法は補助中心だから、攻撃力はそこまででもないのだけど……。

魔法剣ならば、あの巨大なマグマタイタスを倒せるかもしれない。

いや、倒せるはずだ。

「俺が魔法剣を放ちます！」

「魔法剣……？　何ですかそれは？」

「斬撃に魔力を乗せて、飛ばすんです！　これなら奴《やつ》を斬れます！」

「おいおいおい！　そんなことできるのか⁉」

戸惑いを隠しきれないロウガさんとニノさん。

無理もない。

この黒剣を購入したとき、そのうち魔法と剣技を組み合わせた使い方ができるかもとは言ったけど……。

まさか、昨日の今日でこんなことになるとは思ってなかったからな。

俺自身、まだできるかどうかは半信半疑なのが正直なところだ。

「成功するかどうかはわかりません。でも、こうしないとあいつを倒すのは難しいですよ」

「……ジークは斬撃を飛ばせると聞きました。それでどうにかなりませんか？」

「あれは基本的に対人用で、威力はそんなにないんですよ」

ロックタイタスと比べれば柔らかいとはいえ、岩の塊のような甲羅を背負っている。

その防御力はかなりのものであろう。

どうしても威力の劣る飛撃では、たぶん倒しきれない。

まあ、姉さんぐらいの腕があればあんなのでも真っ二つにできるんだろうけど……。

まだまだ未熟な俺では、さすがにちょっと無理がある。

首を狙《ねら》う手もあるが、マグマタイタスはロックタイタスと違ってそこも短いようだ。

隙のある噛みつきの代わりに、蒸気攻撃を仕掛けるように進化したらしい。

「何とか、少しの間だけやつを足止めできませんか？　魔法剣を打つのに、時間がかかりそうで」

「わかった、いいだろう。だが俺の盾だと……距離が近すぎるな」

「……私がやりましょう。いい案があります」

何やら自信ありげなニノさん。

ここは、素直に任せてしまうのがいいだろうか。

俺とロウガさんは互いに顔を見合わせ、うなずく。

「では……」

マグマタイタスの前へと走るニノさん。

彼女は手裏剣を取り出すと、わざと軌道を曲げずにまっすぐ投げた。

ちょうど目の辺りに直撃した手裏剣は、たちまち敵の注意をニノさんの方へと引き付ける。

「こちらです！　ついてきなさい！」

手裏剣を投げる位置を調整しながら、ニノさんはマグマタイタスの移動をコントロールしていく。

――ドシン、ドシン！

火山を思わせる巨体が、少しずつスピードに乗って加速し始めた。

「そいっ！」

ニノさんの手から、ひも付きのクナイが放たれた。

――バスッ！

クナイは近くに生えていた枯れ木に深々と突き刺さる。

そのままニノさんは後方へ思い切りジャンプすると、クナイから伸びた紐を使って、ブランコのように移動した。

あそこは……そうか！

マグマタイタスが突き進む先にある、周囲と比べて色の濃い地面。

それを見て、俺はポンと手を叩《たた》いた。

ニノさんは大きな底なし沼に、奴をおびき寄せたのだ。

「グオオオオン!!」

マグマタイタスの巨体の前半分ほどが、ずぶりと地面に沈み込んだ。

あまりにも大きいため、さすがにこのまま沼に落ちていくことはなさそうだが……これで十分だろう。

奴が脱出するまでの間に、魔力を高めて――。

「どりゃあああっ!!」

黒剣を満たした氷の魔力。

斬撃とともに解き放たれたそれは、氷の刃となって飛んだ。

冷気が白い軌跡を描き、青い刃《やいば》が宙を駆け抜ける。

火山を思わせる甲羅が一瞬のうちに凍り付いた。

そして――。

「ギギャアアアッ!!」

壮絶な断末魔とともに、マグマタイタスの身体が割れた。

いよっしゃあ、大成功!!

俺はガッツポーズをすると、喜びを爆発《ばくはつ》させたのだった――。


――○●○――

「一時はどうなることかと思ったが、よかったよかった！」

パンタネル大湿原からの帰り道。

森の脇《わき》を抜ける街道で、ロウガさんが豪快に笑った。

結果からしてみれば、今回の依頼は大成功といえる。

ロックタイタスが四体にマグマタイタスが一体。

ロウガさんの話によれば、バーグさんに渡す分を差し引いても二百万ゴールド近くになるらしい。

三人で割ったとしても、一日で稼いだにしてはなかなかの金額だ。

「どうだ、ジーク。今度こそ一緒に水路通りへ行かねえか？　これだけあればいい店に行けるぜ？」

「いや、それは……」

「ロウガ、あなたはそろそろ女遊びを卒業すべきでは？　そんなことだから、お金に困ってエールを水で割る羽目になるんですよ」

もともと度数の低いエールを水で割るって、それほとんど水じゃないか……。

俺が呆《あき》れた顔をすると、ロウガさんは若干視線をそらしながら言う。

「い、いいだろう！　人の勝手だ！」

「少なくとも、レディの前では言わないでほしいですね」

「ふっ……レディねぇ」

「あっ！　いま鼻で笑いましたね⁉　聞こえましたよ！」

言い争いを始めるロウガさんとニノさん。

やれやれ、本当に仲がいいのか悪いのか……。

年の離れた二人が揉《も》める様は、さながら親子喧嘩《げんか》のようである。

「ま、まあとにかくだ！　早く街まで帰るとしようぜ」

「……そうですね。急がないと夜になってしまいます」

すでに日は傾《かたむ》きかけている。

今は昼の時間が長い季節ではあるが、急がなければ夜中になってしまうだろう。

二人はやむなく争いを止めると、歩を速めた。

「二人とも俺よりランク高いんですから、しっかりしてくださいよ」

「ははは、お前に言われたくはないがな。それでまだDランクだっていうんだから、末恐ろしい」

「そういえば、ジークは昇格しないのですか？　実績は十分のはずですが」

「あー……」

ランクの昇格条件は主に二つある。

自身と同ランク以上の依頼を規定数こなすこと。

その上で、ギルドが昇格を認めるに足る実績を上げること。

実績条件についてはほとんどおまけみたいなもので、危険性の低い依頼だけを狙い撃《う》ちするとかしなければ大丈夫だそうだ。

「たぶん、次の依頼で規定回数ですね」

「なるほど、それでお前さんも晴れてCランクってわけか」

「ええ！」

Cランクというと、冒険者の中でも中堅クラスとなる。

ここで冒険者としてのキャリアを終える者も非常に多い。

才能のない者にとっては、天井《てんじょう》に近いランクだ。

支部によってはBランク以上の者がおらず、Cランクが最強なんてこともあるらしい。

「Cぐらいから報酬もだいぶ良くなってくるからな。生活に余裕も出てきて、冒険者としては一番楽しい時期だ。もっとも、厄介な義務も増えるんだけどな」

「といいますと？」

「このクラスから、ギルドからの緊急依頼に参加する義務がでてくる。断っても罰則はないが、冒険者として無難にやっていきたいのなら受けた方がいい」

「ギルドからの依頼は基本的に報酬が安いといいますか、シビアなことも多いです。相場に詳しいだけに、冒険者が引き受けるギリギリのラインを狙ってくるんです」

なるほど……ランクを上げてもいいことばかりとは限らないんだな。

まあ、最低限とはいえきちんと報酬が支払われるなら問題は少ないか。

冒険者ギルドなら、さすがにその辺はきっちりしているだろう。

「あ、街が見えてきましたよ！」

話をしているうちに、ラージャの外観が見えてきた。

あともう少し。

ちょうど下り坂になっていた街道を、俺たち三人は足早に駆け下りる。

そうして三十分ほど後。

俺たちは城門を抜けて、無事に街の中へと帰り着いた。

「ふぅー、何とか戻って来られたな！　じゃ、さっそくギルドに……あん？」

「どうかしました？」

「あっちの方、何だかやけに騒がしくねえか？」

広場の端を指さすロウガさん。

するとそこには、彼の言うように小さな人だかりができていた。

いったい何が起きているのだろう？

集まった人々の顔つきからして、芸人や詩人が観衆を集めているわけでもなさそうだ。

皆どこか、緊張して強張った顔をしている。

「あれは……シスターさん?」

人ごみの中心に、見知ったローブ姿の少女が立っていた。

先日、俺たちに依頼を出してきた教会のシスターさんである。

ずいぶんと顔色が悪く、ひどく動転した様子だ。

俺たちはすぐさま人混みを掻《か》き分《わ》けると、彼女に声をかける。

「どうしたんですか、こんなところで?」

「あっ、ジークさん! 実は、た、大変なことが起きまして……! おは、おはか……!」

「落ち着いてください。ちゃんとした言葉になってないですよ」

シスターさんの肩に手を置き、自ら深呼吸をしてみせるニノさん。

それに合わせて息を吸って吐いたシスターさんは、幾分か落ち着きを取り戻した。

「ジークさんに綺麗に浄化していただいた墓地のこと、まだ覚えていますか?」

「はい、ついこの間のことですし」

「実は……あの墓地でまたアンデッドが発生し始めてしまいまして。今はまだ日が高いので抑えられているのですが、このまま夜になると……」

「え? でもあの時、俺が浄化したからもう大丈夫って言ってませんでした?」

「はい、そのはずだったんです。あの状態でアンデッドが発生するなんて、普通なら絶対にあり得ないんですよ。ですから、緊急でギルドへ助けを求めに行こうとしたのです。でもその前に、住民の皆様の避難なども……ああ、ど、どうすれば！」

早口で状況を説明すると、再び頭を抱えてパニック状態へと陥《おちい》ってしまうシスターさん。

突然の出来事に、完全についていけていないようだった。

無理もない、俺もあのお墓については大丈夫だと思っていたし。

「ひとまず、アンデッドを墓地の外に出さないようにするのが最優先でしょう。ロウガさん、ニノさん！　連戦で申し訳ないんですけど、ついて来てもらえますか？」

「ああ、もちろんだ」

「急ぎましょう、時間が経《た》っているかもしれません」

人が集まっていたことからして、シスターさんが広場に来てから多少の時間が経過している。

急がないと、かなり厄介な事態になる恐れが――。

「うおっ!!　な、なんですか!?」

「地震!?」

「いや、こりゃ爆発の類だな……。ヤな予感がしてきた、急ぐぞ！」

地面の底から、何かが突き上げてくるような揺れ。

俺たちは不吉な予感めいたものを感じつつも、ひとまず墓地へと走るのだった。

第六話

地下から出る者

「うっ！　瘴気《しょうき》が出てますね！」

教会の裏手に広がる広大な墓地。

光魔法で綺麗《きれい》に浄化しておいたはずのそこが、瘴気に侵《おか》されていた。

いったい、何をどうしたらたった数日でこんなことになるのか。

いくら墓地だからといって、こんなに短期間に瘴気が溜《た》まるはずないのだけど……。

「サンクテエール！」

即座に聖域を展開し、瘴気から身を守る。

俺《おれ》たち三人の周囲を白い膜のようなものが覆《おお》った。

周囲に立ち込めていた薄紫色をした瘴気が、たちどころに祓《はら》われていく。

「これで、しばらくは防げるはずですよ」

「助かった。しかしなんだってまた、急に瘴気なんぞ……」

「水路と何か関係があるのかもしれません」

「にしても……うおっ⁉」

再び地面が揺れた。

――ドォン、ドォン！

地の底から雷にも似た爆発音《ばくはつ》が響いてくる。

突き上げるような周期的で小刻みな振動。

やはりこれは、地震などではなさそうだ。

「あぶね、舌を噛《か》むかと思ったぜ」

「グウウウゥッ！」

「ちぃっ！」

不快な雄叫《おたけ》びとともに、墓石の下から腐った手が伸びてきた。

茜色《あかねいろ》だった空が、気づけば濃紺に染まりつつある。

瘴気で目覚めたアンデッドたちが、夜を前にしていよいよ這《は》い上がってこようとしていた。

「数が多い……！　ニノさんとロウガさんは、ひとまずアンデッドたちを俺の前に集めてもらえますか？　ブランシェでまとめて浄化していきますから！」

「任せろ！」

「私も大丈夫です」

大盾を構えるロウガさんに、短刀を構えるニノさん。

二人は迫りくるゾンビたちの群れを上手《うま》く受け止めると、俺の前へと流した。

——ブランシェ、ブランシェ！

肉壁よろしく押し寄せてくるゾンビの群れに、次々と浄化魔法を放つ。

聖なる光によって、不浄な亡者たちは灰となって地に還っていった。

数が多いとはいえ、所詮《しょせん》は最下級のゾンビだ。

黒剣の補助もある今なら、浄化魔法一発でまとめて片が付く。

「この調子なら、すぐに終わりそうだな！」

「ええ、ゾンビだけで助かりました」

「んっ⁉ また！」

三度、地面が揺れた。

これは本当に、何が起きているのだろうか。

俺たちはその場に踏ん張って揺れが収まるのを待つが、まったくその気配はない。

それどころか、次第に震源が近づいてくるかのようだった。

「何か来るな！」

「巨大なモグラか何かでしょうか？」

「そんなモンスター、この近辺には生息していないはず……！」

「来たっ‼」

爆発。

地面が破裂し、その上に立っていたゾンビたちもろとも吹き飛んだ。

同時に噴き上げてくる強烈な瘴気。

恐る恐る移動してみると、墓地の中心部に巨大な穴ができていた。

相当な深さがあるようで、身を乗り出しても底を見ることはできない。

黒々とした闇《やみ》が、地の底に横たわっている。

「なんだこりゃ……？」

「何かが下から突き破ったみたいですね」

「この少し生ぬるい空気……地下水路に通じている？」

「その可能性は高いな。ニノ、お前この間貸してもらった水路の地図は憶えてるか？」

「当然です、忍びの基本技能ですから」

「じゃあ、この場所が水路のどこの上にあるかわかるか？」

顎《あご》に指を当てて、しばし考えこみ始めるニノさん。

水路の地図を見たとはいえ、シスターさんから一時的に借りただけのこと。

それで今でも内容を覚えているなんてこと、本当にできるのか？

俺が少し疑問に思っていると、ニノさんはハッとした顔をする。

「……最深部です。この場所、水路最深部のちょうど真上にあたります！」

「なんだと？」

「これはいよいよ、きな臭くなってきましたね……」

何とはなしに、嫌な予感がした。

俺はとっさにロウガさんたちの前へ出ると、彼らの動きを手で制する。

そして一歩、二歩。

黒々とした穴の縁から少しずつ距離を取った。

虫の知らせとでも言えばいいのだろうか。

特に理由があったわけではないが、そうした方がいいような気がしたのだ。

そして——。

「グアアアアッ!!」

穴の底から、身の毛もよだつ雄叫びが聞こえた。

それと同時に、翼の生えた巨大な人型の物体が飛び立つ。

黒光りする外皮に覆《おお》われた、人とも獣ともつかぬ異形の者。

その強靭な爪《つめ》の内側には、少女らしき姿が見えた。

あの銀色の髪は、まさか……!!

「お、お姉さま!?」

「クルタさん!!」

どういうわけか、魔物の腕に捕らえられていたクルタさん。

完全に意識を失っているらしい彼女は、そのまま抵抗することもなくどこかへ連れ去られていく。

「待ちなさい！　止まれ、止まれえぇ!!」

魔物の背中に向かって、持っていた武器を片っ端から投げつけるニノさん。

しかし魔物の翼は、さながら鋼鉄でできているかのようにそのことごとくを弾《はじ》き返《かえ》した。

俺もとっさに飛斬を放つが、うまく軌道を避けられてしまう。

どうやらこいつ、相当に強い魔物であるようだ。

いや、もしかすると――。

「あれは……魔族かもしれん！」

「ま、魔族!?　あれが、ですか」

「ああ、前に境界の森で見たやつと特徴が一致している」

「急いでギルドに報告しましょう！　お姉さまが、お姉さまがあぁ!!」

完全に錯乱してしまっているニノさん。

あれだけ慕《した》っていたクルタさんが、得体の知れない存在に攫《さら》われてしまったのだ。

動揺するのももっともである。

むしろ、まともに会話できているだけで奇跡的な状態かもしれない。

「ええ！　すぐにでも！」

「二人が連絡に行くなら、俺はこの場に残ろう。後始末をしておかないとな」

「ありがとうございます、助かります！」

こうして俺とニノさんは、その場をロウガさんに任せてギルドへと走るのだった。


―――○●○―――


「それはマズいことになったな……」

俺とニノさんから報告を受けたギルドマスターは、たちまち顔を曇らせた。

魔族の出現というのは、やはり相当な大事件なのであろう。

眉間に深い皺《しわ》を寄せ、大きな大きなため息をこぼす。

「いったい、何が起きたんでしょうか。町の一角に穴が空くなんて」

「恐らく、地下に魔族の拠点があったのだろう。あの墓地では以前にもアンデッドが発生したことがあったが、下から瘴気が昇ってきた影響だと考えれば説明がつく」

瘴気はあらゆるものを冒し、侵食する。

地下深くに蓄積された瘴気が、長い年月をかけて地上付近にまで到達してもまったく不思議はなかった。

「なるほど……。その施設へ調査隊が踏み込んできたため、魔族が逃亡したというわけですね」

「ああ。穴が空く前に、爆発音みたいなのが聞こえたって言ってたよな？」

「ええ、何度か」

「追い詰められた魔族が施設を爆破《ばくは》したんだろう。思いがけず、爆破でできた穴が外へ通じたのでそこから脱出したってところか」

あくまで推測でしかないが、事件の概要が何となくわかってきた。

地下水路全体に溢《あふ》れていた瘴気も、その施設から生み出されたのだろう。

ドラゴンゾンビが出現したのも、施設へ行かせないための門番だったと考えれば説明がつく。

「しかし、それではお姉さまは何のために連れ去られたのでしょうか？　翼のある魔族が、逃げるための人質を必要としたとも思えませんし。それに、いくら調査隊が腕利《うでき》き揃《ぞろ》いとはいえ魔族がそこまで簡単に追い詰められたとも考えにくいです」

「確かにそうですね。あれだけの能力があるなら、返り討《う》ちにすることもできなくはなかったはず……」

翼で攻撃を弾いた魔族の姿を思い浮かべる。

あれだけの実力があれば、調査隊と一戦交えることは十分できただろう。

魔族の凶暴な性格を考えれば、戦わなかったのは不自然にも思える。

「それについては、調査隊が帰ってくるのを待つしかないな。魔族の空けた穴から脱出できるだろうから、もうそろそろ――」

「マスター、失礼します！」

噂《うわさ》をすれば影が差すとでもいうべきだろうか。

マスターの話を打ち切るようにして、受付嬢さんが部屋の中へと入ってきた。

彼女の背後には、ロウガさんともう一人、見慣れない男性冒険者の姿がある。

二十代半ばほどに見えるその男は、かなり上質な装備を身に着けていた。

ロウガさんたちと同格、いや、それ以上のランクだろうか。

「おおお！　シュラインよ、無事だったか！」

「ええ、何とか。私以外のメンバーも、連れ去られたクルタ殿を除けば命に別状はありません。ただし、治療を必要としていたため今はそちらに専念してもらっていますが」

どうやらこのシュラインという人物、地下水路に派遣された調査隊の隊長格だったようだ。

彼は俺たちのことを気にしつつも、マスターに事情を説明していく。

その内容は、おおむねマスターや俺たちが推察した通りのものであった。

しいて言うと、地下にあった施設が何らかの研究所だったらしいということが明らかになった。

「いったい、あの魔族は地下で何を研究していたのだ……？　行動から考えると、よほど知られたくないものだったようだが」

「そこまでは。ただ、死霊魔術に関するものだったように思います。大量のアンデッドを使役

「あとで、死霊魔術に詳しい者を派遣して調べさせよう。それより問題は、クルタ君の救出だな」

「……かなりろくでもない研究だってことは、確実そうですね」

する魔族でしたから」

腕組みをして、唸《うな》るマスター。

すかさず、シュラインさんが告げる。

「敵は相当に強いです。今回は向こうから引き揚げてくれたので、全滅は避けられましたが……。あのまま戦っていれば、こちらの敗北は避けられませんでした」

「あれだけの精鋭を集めたのに、か？」

「はい。やつを確実に倒すならば、Sランク冒険者が必要でしょう」

はっきりと断言するシュラインさん。

恐らくはAランク冒険者であろう彼が、こうもきっぱりと敗北を認めるとは。

強いだろうとは想像していたが、それを上回ってきたな。

そんなのがもしまた街に来襲したら、想像するだけでも恐ろしい。

「Sランクか……。一応、事前にあの方に依頼を出してはいるが……どうにも動きが鈍《にぶ》くてな」

「もしや、あの方とは剣聖ライザ様のことですか？」

「そうだ」

ぶっ⁉

あの方って、姉さんのことだったのかよ‼

突然出てきた身内の名前に、俺はたまらず噴き出してしまった。

確かに姉さんならば……Sランク冒険者に匹敵《ひってき》する戦力だろう。

いや、それよりも数段強いかもしれない。

剣聖というのは、四年に一度の大剣神祭で優勝した者のみが受け継ぐ最強の称号。

世界中から集まった数千にも及《およ》ぶ猛者《もさ》たちの頂点に立ったことを示すものなのだ。

その力は伊達《だて》ではなく、ドラゴンすらも一刀のもとに切り伏せる。

「普段ならば、こういう依頼をするとすぐに駆け付けてくださるそうなのだが……身内でいろいろあったそうでな。しばらく時間がかかりそうだと聞いている」

「そうなると、他のSランク冒険者を呼ぶしかありませんね」

「うむ。どこに連れ去られたのかもわからないことだしな。戦力が整うのを待ってから――」

「ちょっと待ってください！　場所なら、場所ならすぐにわかりますよ！」

そう言うと、ニノさんは懐《ふところ》からコンパスのような器具を取り出した。

彼女はその針を指さすと、必死の形相で訴える。

「私、お姉さまに渡したお守りに探知魔法を仕掛けておいたんです！　なので、この器具を使って今すぐ追いかけることができます！」

「おいおい……怪しいと思ったら、そんなことしてたのか。さすがに感心しねえぞ？」

「ニノさん、それはちょっとどうかと。……でも、今回に限っては助かりましたね」

「だが……追いかけるにはやはり戦力が足りない。調査隊のメンバーの大半がやられてしまった今、あれ以上の戦力をひねり出すのは無理だ」

力なく首を横に振るマスター。

その顔には無念さがにじみ出ていたが、同時に強い拒絶感もあった。

ギルドの支部を任されている者として、はっきり容認できないと伝えてきている。

しかし――。

「それなら、私一人でも行きます！　お姉さまは私が救い出してみせます！」

「いかん！　君一人で何ができるというんだ！」

「でも……！」

唇を噛みしめ、悔しさを顔ににじませるニノさん。

その表情は壮絶で、見ているだけで胸が苦しくなってくる。

ニノさんのクルタさんに対する思いは、単なる憧《あこが》れなどには収まらないようだ。

さすがに、何とかしてあげたいところだけれど……。

「俺も、ニノさんに同行しましょう。クルタさんには特別試験でお世話になりましたし」

「……君の実力は高く評価している。だがそれはあまりに無謀だ。魔族が街に戻ってこないとも限らないし、いざというときの戦力が減るのは困る！」

「大丈夫です。代わりに、剣聖がすぐに来てくれる方法を教えますから」

「なに？　ほんとうか？」

椅子から立ち上がり、驚くマスター。

俺は懐から一本のナイフを取り出すと、彼に見せた。

「これは……？」

「剣聖ライザを呼び出すための物です。これの持ち主がいると伝えれば、彼女はすぐに来ますよ」

「ジーク君、君は一体……。いや、やめておこう」

怪訝《けげん》な表情をしつつも、俺の提案を受け入れてくれたマスター。

さて、姉さんがここへやって来る前に何とかしないとな。

一刻も早く、あの魔族のもとからクルタさんを解放したいところだし。

俺は改めて、気合いを入れなおすのだった。

間話
姉と情報屋

ノアが実家を去ってから、一カ月半ほど。

姉妹《しまい》たちはそれぞれに伝手《つて》を使って懸命に彼を探していた。

しかし、思うように成果は上がっていなかった。

この広い大陸において、一人の人間を探すということは姉妹の権力をもってしても困難なのだ。

「そのノアって男は、もうこの国にはいないかもしれねえな」

王都の下町にある場末の酒場。

昼間から安酒の匂《にお》いが立ち込めるそこで、ライザはとある男と向き合っていた。

男の名はアーガス。

世界有数の大都市であるウィンスター王都で、最も腕利《うでき》きとされる情報屋だ。

元冒険者で、ライザとは古くから付き合いがある人物である。

「ひと月半ほど前に、ノアとよく似た特徴の男が南部行きの馬車へ乗ったって情報があった。恐らくはそこからさらに馬車を乗り換えて、国外へ出たんだろうな」

「ううむ……！　家出してすぐにこの王都を出たというわけか」

「いや、初日は王都の下町に滞在していたようだ。それらしき人物が宿に泊まったって情報を得ている。始めにどのルートを通ってどこへ向かうのか、じっくり計画を練ったんだろうな」

そう言うと、アーガスはグラスに注《そそ》がれていたエールを煽《あお》った。

家から逃亡したノアは、ライザの弟だと彼は聞かされていた。

しかし、実際に行動を探ってみるとライザとは似ても似つかない抜け目なさである。

情報屋である彼は、目の前の剣聖がどれほど取り繕ったところで脳筋であることをとっくの昔に見抜いていた。

「アエリア姉さんの教えが裏目に出たか……」

「アエリアっていうと、フィオーレを率いているあの？」

「そうだ。ノアの魔法以外の座学については、ほとんどアエリア姉さんが面倒を見ていたからな。最近はもっぱら課題を出すだけになっていたが、前は週に五日きっちりと指導をしていたぞ」

「おいおい、あの会頭直々の指導とは恐れ入ったな。お前、あの人の講演会が参加費いくらか知ってるのか？」

「……さあ、いくらなのだ？」

アーガスの様子からして、それなりに高いのだろうとはライザにも推測がつく。

しかし、具体的な金額についてはまったく察しがつかなかった。

そもそも、座学が好きではないライザのことである。

講演会など、金を払うどころか金をもらっても行きたくないと思っていた。

「ざっと百万ゴールドだ、百万ゴールド」

「なんだ、大したことないではないか。この前、ドラゴン討伐《とうばつ》で一億ぐらいもらったぞ」

「それはライザの収入が多すぎるだけだ。百万といったら、この王都で三か月は生きていける金額だよ」

「む！　そう聞くとかなり凄《すご》いな！」

勉強をするのにそれほどの金を払うのか、と驚くライザ。

アーガスは目を見開いた彼女にやれやれとため息をつく。

「……つまりだ。そのノアってやつは、きっちり英才教育を受けた頭の良い人間だってことになるな？」

「ああ、そうだな」

「そうなってくると、ますます見つけるのは難しい。こりゃ探すのにも骨が折れる」

そう言うと、アーガスは黙ってライザの前に手を差し出した。

するとライザはテーブルの上を見まわし、自身の前に置いてあった果物を彼の手に握らせる。

「……いや、取ってくれって意味じゃない」

「ん？」

「金だ、金！　察してくれ！」

「そういうことならはっきり言え。で、いくら欲しいのだ？」

「このまま国外まで調べる範囲を広げるなら、一千は欲しい」

「わかった、いいだろう」

ライザはためらうことなく財布の中から白金貨を取り出した。

一枚で百万ゴールドの価値がある高額通貨だ。

日常的に持ち歩いている人間など、それこそ貴族か富商ぐらいだろう。

あっさりと差し出されたそれに、さすがのアーガスも目をむく。

彼の経験上、これほど気前よく金を出す依頼人は初めてであった。

「……いきなり全部は受け取れん。まずは前金で五百だけ貰おう」

「いいのか？」

「全部をまとめてもらうわけにはいかないだろ」

「私としては、もっと払ってもいいぐらいなのだが」

「言っておくが、俺《おれ》に金を渡せば見つかるってもんでもないからな？」

勘違いしているらしいライザに、すかさず断りを入れるアーガス。

金を渡したからには確実に見つけてほしいなどと言われては、彼も困るのだ。

今回の仕事の難易度は、王国一を自負する彼の腕をもってしても難しいのだから。

「そうか、だったら仕方がない」

「じゃあ俺はそろそろ行くぜ。さっそく仕事に取り掛からないといけねえからな」

「私も家に帰るとしよう」

こうしてライザが酒場から出たところで、見知らぬ女性が彼女に声をかけた。

制服を着ていることからして、冒険者ギルドの職員のようである。

――また、私に依頼が来たのか？

ライザの眉間に深い皺《しわ》が寄った。

数日前、辺境都市から来た依頼を断った時はかなりしつこく粘られたからである。

「剣聖ライザ様ですよね？　私は冒険者ギルド王都支部のエイミィと申します」

「いかにも私がライザだ。それで、君は何の用があってここまで来たんだ？　私を見つけるのもなかなか大変だっただろう？」

すっかり余所《よそ》行きの顔となったライザが、剣聖の威厳を保ちつつ尋ねる。

するとエイミィは姿勢を正し、すがるような目をして言う。

「ラージャ支部から、再び連絡がありました。状況が悪化したため、どうしてもお越し願いたいと」

「そのことなら、先日お断りしたはずだ。私はいま問題を抱えていて、この街を離れられない」

「先方は一億の報酬を払うと言っています」

「すまないが、私にとっては大して意味のない金額だ」

呼び止めようとする手を振り払い、ライザはその場を立ち去ろうとした。

しかしここで、エイミィが思いもよらぬことを言う。

「ライザ様、少しお待ちを！　実は、あなたの探されている弟君《おとうとぎみ》の件についてお話がありまして」

「……………どういうことだ？」

「ラージャ支部に、弟君の行方《ゆくえ》を知っていそうな方が現れたそうなんです。何でも、家紋を刻んだナイフを持っていたとか」

「それは本当だろうな？」

声に凄みを効かせるライザ。

最強の剣士が放つプレッシャーに、エイミィは顔を真《ま》っ青《さお》にしつつも首を縦に振る。

「ち、誓って嘘《うそ》ではありません……」

「そうか。なら行かねばな」

「……ありがとうございます！　さっそく、快速馬車の手配をいたしますね！」

「いや、それでは遅すぎる」

ライザの言葉に、キョトンと首を傾《かし》げるエイミィ。

冒険者ギルドが所有する快速馬車は、恐らく大陸でも最速に近い交通機関だ。

これ以上の速さを求めるならば、それこそ騎乗用に飛竜でも飼いならすしかない。

そんなことができるのは大国の騎士団ぐらいだ。

「もしかして、飛竜をお持ちなのですか？」

「いいや。だいたいあんなもの、すぐバテてしまって長距離移動には向かないだろう」

「ではどうやって、ラージャまで？」

「足があるじゃないか。走っていけばいい」

そう言うと、ライザは軽く屈伸をして体をほぐした。

彼女はそのまま、戸惑うエイミィを置き去りにして走り出す。

その速度たるやすさまじく、あっという間に通りの彼方へと消えてしまった。

「こ、この街からラージャまで軽く二千キロはあるんですけど……！」

呆然《ぼうぜん》とつぶやくエイミィ。

剣聖ライザに、一般人の常識はもはや通用しないようであった。

第七話　悪霊の森の魔族

「……まさか、自分から呼び寄せることになるとは」
ギルドからの帰り道。
俺《おれ》は同行するニノさんとロウガさんに聞こえないよう、微《かす》かな声でつぶやいた。
姉さんがかつて、俺に護身用としてプレゼントしてくれたナイフ。
世界にただ一本、姉さんが自ら家紋を刻んだ特別な品である。
あれの持ち主が現れたと言えば、姉さんは間違いなく動くだろう。
日頃《ひごろ》から体罰を与えたりする割に、そういうところは過保護なんだよな。
たぶん、俺のことを所有物か何かだと思っているからなんだろうけど……。
「これで、猶予《ゆうよ》は二週間ってところだな」
姉さんのために、ギルドは快速馬車を用意するはずだ。
あれならばウィンスターからここまで、だいたい二週間ほどで移動できる。
その間に事件を何とかして、この街を出なくては姉さんに追いつかれる。
余裕がないわけではないが、もし怪我《けが》をしたりしたら間に合わないかもしれない。

「申し訳ありません。大事な手札を切らせてしまったようで……」

俺の深刻な雰囲気を察して、すかさずニノさんが謝罪をする。

もとはといえば、彼女がクルタさんの早期救出を訴えたことが原因だ。

しかし、こうなってしまってはもはやあまり関係ないだろう。

俺にしても、知り合いであるクルタさんを放置し続けるのはさすがに寝ざめが悪い。

ギルドが戦力を整えるまで、悠長に待ち続ける気は元よりなかった。

「構わないですよ。俺もクルタさんとは知り合いですし」

「ありがとうございます。このお礼はいつか必ずさせてもらいます」

「そこまで硬くならなくて良いですけどね。むしろ、俺よりロウガさんにお礼が必要なんじゃないですか？」

今回のクルタさん救出作戦には、ロウガさんも加わることになっていた。

俺とニノさんだけでは防御が足りないだろうと、自ら参加を志願してくれたのだ。

「俺はまあ、こいつの保護者みたいなもんだからな」

「……別にそんな関係ではありません。ただの腐れ縁です」

腕組みをしながらうなずくロウガさん。

そのわき腹を、ニノさんは抗議するように肘で小突いた。

たちまち、ロウガさんは困った顔をしてニノさんの方を見る。

「おいおい、お前に冒険者としての基礎を教えたのは誰《だれ》だ？」

「いつまでも過去のことを言い続けるのは、老害の始まりですよ」

「老害とは失礼な！　俺はまだまだイケるおじさまだぞ！」

いつものように言い争いを始めた二人。

状況が状況だけに、この光景を見ると逆に安心してしまうな。

とはいえ、延々と喧嘩《けんか》をされても困るのですぐに仲裁に入る。

「そう言うのは宿に着いてからにしましょうよ。そろそろなんですよね、お二人の宿は？」

「そろそろのはずだ」

「あ、あの看板です！」

そう言ってニノさんが指さしたのは、二階建ての大きな宿屋であった。

ホテルと言ってしまってもいいぐらいの規模かもしれない。

ランクの高い冒険者だけあって、普段からいい宿に泊まっているようだ。

受付で人数の追加を告げると、俺はそのままニノさんとロウガさんの泊まる部屋に招かれた。

これからクルタさん救出作戦について、しっかり話し合うためである。

俺の部屋ではなく二人の部屋にしたのは、そちらの方が広くて快適だからだ。

「さて……。ひとまず、何から話し合う？」

「とりあえずは、クルタさんが今どこにいるかってことですよ。ニノさん、教えてください」

「地図を出しますので、少しお待ちを」

部屋の端に置かれていたリュックサック。

その中から、ニノさんはラージャ周辺の地図を取り出した。

そしてその左上、つまりは北西の森林地帯を指さす。

「境界の森の中、ですか？」

「少し違うな。ここは……悪霊の森か」

何だか、ずいぶんと物騒な名前が出てきたな。

魔族というのはやはり、曰《いわ》くつきの土地に住みたがるのだろうか。

「この森には、打ち捨てられた古い館があったはずです。魔族はそこを拠点としているのかもしれません」

「なるほど、十分あり得る話だ」

「館には得体の知れない実験装置のようなものが多数存在したとか。もしかすると、そこでお姉さまに何かするつもりなのかもしれません……」

顔を強張《こわば》らせるニノさん。

Aランク冒険者ともなれば、実験材料としてかなりの価値があるだろう。

魔族がクルタさんを連れて行った理由が謎《なぞ》だったが、少し納得できた気がした。

「ぞっとしない話だな。魔族の実験材料になんぞされたら、どうなるかわかったもんじゃない」

「ええ、早いうちに助け出さないと！」

「しかし、敵の戦力が読めねえな。相手はドラゴンゾンビを生み出せるほどの死霊魔術の使い手だ。もしかすると今ごろは、アンデッド軍団でも造っている最中かもしれん」

「アンデッドは比較的簡単に数を造れますからね……。あり得ない話ではありません」

もし敵の魔族が、ドラゴンの骨を筆頭に豊富な材料を所持していたら。

数によっては、救出作戦の大きな阻害要素になりそうだ。

「やはり、早期に奇襲を仕掛けるしかないでしょう。敵との交戦をできるだけ避ければ、勝機はあります」

「そうするしかねえか。だがそれにしても、もう少し戦力があれば……」

「仕方ありません。敵が攻めてくる可能性がある以上、冒険者がこれ以上町を離れるわけにはいかないでしょう」

現在、Ｃランク以上の冒険者たちには緊急依頼としてギルドでの待機が言い渡されている。

これはライザ姉さんが到着するまでの間に、万が一、魔族が攻めてきた時に街を守るためだ。

敵の戦力が未知数である以上、下手に彼らを動かすわけにはいかない。

本来ならば、ロウガさんの同行だって微妙なぐらいなのだ。

「……ん？　お客さんですかね？」

しばらく真剣に話し合っていると、不意にドアがノックされた。

こんな時間に一体誰だろう？

俺がゆっくりと扉を開くと、その向こうには――。

「シスターさん？」

何やらすさまじい量の荷物を抱えたシスターさんが、覚悟を決めた顔で立っていた。

――○●○――

「いったいどうしたんです？」

なぜシスターさんが、この部屋を訪れたのだろう？

そもそも、俺たちがこの部屋にいるということをどこで知ったのか？

俺は様々な疑問を抱きつつも、ひとまず彼女を部屋に迎え入れた。

背中の袋が、見ていて辛くなるほど重そうだったからだ。

「ふぅ……！　ありがとうございます」

部屋に入って荷物を置くと、シスターさんはそのまま一息ついた。

俺とニノさんたちは少し戸惑いつつも、彼女に尋ねる。

「なんでここに来たんですか？　依頼だったら、ギルドを通してもらわないと」

「いえ、依頼をしに来たわけではないんです。皆さんに、お礼も兼ねたお届け物がありまして」

「お礼？」

墓地でゾンビたちと戦った件だろうか。

一応、あれについてはギルドと話がついて緊急依頼扱いになったんだけどな。

こんな夜更けに、わざわざお礼を言いに来るような状態ではないはずだ。

「丁寧なのは結構だが、そんなに急いで来ることないぜ？　だいたい、俺たちの居場所をどうやって知った？」

「ギルドで教えてもらったんです」

「……おいおい、冒険者のプライバシーってやつはどうなってんだ？」

やれやれと頭を抱えるロウガさん。

いったい誰かは知らないが、ずいぶんと意識の低い職員がいたものである。

いくらシスターさんが身元の確かな人物だからといって、ほいほい個人情報を流されてはちょっと困る。

「まあ、私の持ってきたものがものですから。ギルドとしても、すぐに渡した方がいいと判断したのでしょう」

「……何か、冒険の役に立つアイテムか何かですか？」

「はい！　死霊魔術を操《あやつ》る魔族が出たと聞いて、急いで準備したんです」

袋の口を開くと、ガサゴソと中を漁《あさ》るシスターさん。

やがて出てきたのは、木箱に収められたガラスの小瓶《こびん》であった。

無色透明の液体が入ったそれは、切子細工のように精緻《せいち》な加工が施されている。

そこらのポーションなどとは比べ物にならない、何か高級な液体のようだ。

……はて、どこかで見覚えがあるぞ。

俺が首をひねっていると、ロウガさんがひどく驚いた顔をして言う。

「おいおいおい……！ こりゃ一級聖水じゃねえか！」

「魔族との戦いに役立てていただこうと思いまして、教会の倉庫から引っ張り出してきたんです！」

「ずいぶんと気張りましたね。滅多《めった》に外に出すようなものではないでしょうに」

「今回の件では、ずいぶんとお世話になりましたから。私と教会からの気持ちとお考えください」

そう言うと、シスターさんはズズイっと木箱を俺たちの前へと動かす。

一級聖水。

それは、聖女の祈りによって作成される最高級の聖水である。

緊急時とはいえ、そんなものを引っ張り出してくるとは。

シスターさんはどうやら、俺たちに迷惑をかけたことを相当に気にしていたらしい。

「一級聖水がこれだけの量あれば、アンデッドには勝てそうだな！」

「ええ。戦力不足もこれで補えることでしょう。助かりました」

「あの、貴重なものだとは知ってますけど……一級聖水ってそんなに凄いんですか？」

興奮する二人に、思わず尋ねてしまう。

確かに、聖女であるファム姉さんが作っているのだから効果は高いのだろう。

ブランド価値を出すために、教会も滅多なことでは使用しないとも聞いている。

けど、そこまでありがたがるほどのものなのだろうか？

あの人、割と気楽な感じでお祈り捧《ささ》げて聖水を作っているぞ。

「一級聖水の効果は、それ以外の物の十倍以上ともされています。アンデッドの浄化はもちろんですが、傷の治療などにも効果があるんですよ」

「へぇ……」

「俺やニノみたいな近接職がアンデッドと戦うには必須だな。あらかじめ武器に振りかけておくと、しぶといアンデッドでも一発さ」

「なるほど。じゃあ、その聖水はニノさんとロウガさんで使ってください。その方が効果あると思いますから」

もっともらしい理由で遠慮しておく俺。

あくまで噂《うわさ》にしかすぎないのだけれど……。

一級聖水には、聖女の身体の一部が入っているという説がある。

髪の毛とか爪《つめ》とか、ほんのわずかの血とか。

たとえそれが信憑性の薄い噂にしても、姉弟でそういうのを持つのはなぁ……。

別にファム姉さんが嫌いとかそういうわけじゃないいんだけど、ちょっとね。

幸い、サンクテェールが使えるから瘴気《しょうき》対策は問題ない。

「いいのか？　それなら、ありがたく使わせてもらうが……」

「自力での対処が困難だと感じたら、遠慮なく言ってください。すぐに融通《ゆうずう》します」

「ありがとう。そうなったときはすぐに知らせるよ」

「では、私はそろそろこれで。……皆さん、くれぐれも気をつけてください。私も飛び去る魔族の姿を見ましたが、あれはとてもおぞましいものに見えました。決して、油断してはいけませんよ。私が一級聖水をこれだけ用意したのは、皆さんに死んでほしくないからでもあるんです！」

声を震わせながら告げるシスターさん。

額に汗を浮かべ、唇を紫にしたその怯《おび》えようは尋常なものではなかった。

彼女のその表情を見て、俺たちは緩《ゆる》みかけていた心を正す。

強力な物資を手に入れたとはいえ、敵は魔族だ。

楽に勝たせてもらえるような相手ではない。

「そうですね。もしかしたらあの魔族は……お姉さまの因縁の相手かもしれませんし」

「そういえばクルタさん、地下水路にいるのは故郷を滅ぼした魔族かもとか言ってましたね」

「はい。お姉さまはもともと、勇壮な戦士の一族の出身だそうです。その里を滅ぼした魔族となれば、強力なのは間違いないでしょう」

そりゃ、ますます油断ならない相手だ。

俺が顔を険しくすると、ロウガさんが急に表情を緩めて言う。

「ま、何にしてもだ。俺たちは魔族を倒してクルタちゃんを救出する。それ以外にねえよ」

「……ええ、そうですね！」

こうして、迎えた翌朝。

準備を整えた俺たちは、いよいよ悪霊の森へと出発するのだった。


――○●○――


「ここが悪霊の森……ですか」

街を旅立って数時間。

草原を北西に歩き続けた俺たちの前に、薄暗い森が姿を現した。

暗い色彩の葉に、白骨を思わせる細くごつごつとした幹。

どことなく不健康な木々は、瘴気にでも侵されているかのようだ。

加えて、どこからか響く亡者の唸《うな》りのような音が気味の悪さを倍増させている。

「悪霊なんて名前がつくだけのことはあるぜ。気味が悪い」

「聞いていたよりもひどい雰囲気ですね。魔族の影響でしょうか」

「さあな。……ジーク、すまねえが念のためサンクテェールを頼めるか？」

「はい。俺も使おうと思っていたところです」

まだ取り立てて瘴気は感じないが、念のためサンクテェールを使っておく。

はっきりわからない程度の濃度の瘴気でも、長時間吸えば有害だからな。

聖なる光の膜が身体を覆《おお》うと、心なしか空気が爽《さわ》やかになった気がする。

「館まではそこの道を通っていけるはずです、急ぎましょう！」

木々の間を抜ける小径《こみち》を指さして、ニノさんが言う。

きちんと人が造った道のようで、下草が払われ地面も踏み固められている。

様子からして、森の奥へと向かう冒険者たちが今でもそこそこ利用しているようだ。

「敵も恐らく、その道は警戒しているだろう。急いでも注意は怠るなよ」

「ええ。罠《わな》が仕掛けられていないかどうか、気をつけましょう」

もしかしたら、落とし穴でもあるかもしれない。

道の脇《わき》に潜んだ敵が、魔法でも撃ってくるかもしれない。

俺たち三人は、ニノさんを先頭にして急ぎながらも慎重に進む。

「あれです！」

進み始めて一時間ほどが過ぎた頃。

木々の向こうに、ちょっとした城のような建築物が見えてきた。

あれが、打ち捨てられた古い館ってやつか。

風化してところどころが欠けた石壁に、蔦《つた》が幾重にも絡《から》みついている。

なるほど、これは相当に年月が経過していそうだな。

少なくとも、建てられてから数百年は経《た》っているのではなかろうか。

「大したもんだな」

「あそこに、クルタさんがいるわけですか」

「ええ。探知魔法はしっかりとあの場所を示しています」

地図を手にしながら、答えるニノさん。

森まで来たことで、より詳細な位置がわかるようになったらしい。

「よし、しっかり準備しとけよ。あの場所には山ほど敵がいるはずだ」

「はい！」

気合いを入れなおすように返事をすると、俺たちは館に向かって速度を上げた。

徒歩というよりも、小走りに近いスピードだ。

しかし、どうしてだろうか。

しばらく進んだというのに、館との距離がまったく縮まらない。

「妙だな……」

「ニノさん、この道であってるんですか？」

「間違いありません。館までは一本道ですし」

「うーん……もしかして、あの建物は幻とか」

「試してみましょう。夢幻破眼《むげんはがん》！」

そう言うと、眼に魔力を集中させるニノさん。

瞳《ひとみ》が紅に染まり、そこからかすかにだが衝撃波のようなものが出た。

あれは東洋の忍術というやつだろうか？

シエル姉さんから存在は聞いていたが、実際に見るのは初めてだ。

「私たちが幻覚にかかっている……というわけではありませんね。周囲の風景を偽装しているわけでもなさそうです」

「となると、単純に館までまだ距離があるってことか」

「恐らくは……」

完全に納得していないのか、ニノさんは煮え切らない態度だった。

しかし、このまま立ち止まっていてもしょうがない。

俺たちは再び走りだすのだが、やはりちっとも館に着くことができない。

「ううーーん……やっぱりおかしいですね」

「だが、幻覚とかではないんだろ？」

「ええ。魔法が使われているのなら、さっきの探知魔法で分かったはずです」

「じゃあどうして、たどり着けないんだ？」

「……もしかして、道に細工がされているとか」

そう言うと、俺は改めて周囲をよく観察した。

どんな小さなものでもいい、異変の手掛かりはないか。

目を皿のようにしていると、道の端に何かを引きずったような跡が見えた。

「ん、これは？」

轍《わだち》のような跡が、道の脇に生えている木へとつながっていた。

何だか、木自体が動いたようにも見えるな。

いや、これはもしかすると……！

「そうか。ニノさん、ロウガさん！　今すぐ道の真ん中へ避難してください！」

「へ？」

「森の木にトレントが交じってるんですよ！　そいつらが道を動かして、館にたどり着けないようにしてたんです！」

俺がそう叫んだ途端、種明かしをするように森が動いた。

おいおい、こりゃ一部どころか多数じゃないか！

正体を現して動き出した木々の多さに、俺はたまらず舌打ちをした。

「なんてこったよ！」

「こうなったら、森を突っ切って館まで走りましょう！」

「ですね！」

迫りくるトレントたちを潜り抜けながら、館に向かって一目散に走る。

幸い、植物系モンスターの常で敵の移動速度はかなり遅かった。

枝や根を伸ばして攻撃を仕掛けてくるが、致命傷とはなり得ない。

剣で枝葉を打ち払い、皆で一丸となって突き抜ける。

「どらああっ‼」

最後に立ちふさがったトレントたちを、ロウガさんがシールドバッシュで吹き飛ばす。

よし、道ができた！

木々の向こうに見えた館の庭園。

塀に囲まれたそこへ、俺たち三人は全速力で駆け込む。

そしてすぐさま、鉄の門扉《もんぴ》を閉めた。

「ふぅ……！」

「何とかなりましたね」

鞄《かばん》からワイヤーを取り出すと、それで門扉をがっちりと縛り上げていくニノさん。

これで、敵が入ってくることはしばらくないだろう。

門の外に集まったトレントたちが激しく騒ぎ立てているが、分厚い石壁と鉄の門扉はびくともしない。

どうやらこの館、外部からの襲撃に備えているのか相当に頑丈なようだ。

「まったく、厄介な相手だぜ」

「邪魔はさせないいって感じが凄いですね」

「ああ、注意していかねえと……げっ！」

そう言っているうちに、庭園の地面が次々と隆起し始めた。

やがてそこから、黒くて細身な大型犬が姿を現す。

身体のあちこちが腐り、ところどころ骨が剝き出しとなったその姿は、既に生命が失われていることを如実に示していた。

「趣味の悪い番犬ですね……！」

「ああ、これなら豚でも放しておく方がマシだな」

おぞましい外見をしたアンデッドの犬たち。

その大群に囲まれた俺たちは、たまらず顔を強張らせるのだった。

―――○●○―――


「どっせえい!!」

ロウガさんのシールドバッシュが、飛びかかってきた犬どもを弾く。

濁った血と腐肉が飛び散り、群れが薙《な》ぎ払《はら》われる。

その隣では、ニノさんが次々とクナイを投げて奥の犬たちを牽制《けんせい》している。

聖水に浸されたクナイは犬たちの身体を容易《たやす》く貫き、まとめて何頭もの犬が倒れていった。

――これが一級聖水の威力か！

アンデッドの売りは、何よりもタフな肉体だ。

身体の一部を吹き飛ばしたぐらいでは、すぐに再生してしまう。

しかし犬たちにできた傷は、塞《ふさ》がることはなかった。

それどころか、傷口から煙が上がりみるみる灰となっていく。

聖水の力によって、敵の邪悪な生命を根こそぎ奪っているようだ。

「ブランシェ、ブランシェ！」

俺も負けじと、浄化魔法を連打する。

強烈な光が、迫りくる犬たちを次々と灰に変えていった。

やはり、この剣は魔法の触媒として適している。

ゾンビと比べればいくらか強い犬たちも、問題にはならなかった。

しかし――。

「……キリがねえな！」

「どこかで増殖でもしているのでしょうか」

「かもしれねえ！」

倒しても倒しても、どこからか湧《わ》いてくる犬たち。

いくら広い庭とはいえ、これだけの数が一体どこから湧いてくるのか。

俺たちの体力も無尽蔵《むじんぞう》ではない。

さすがにそろそろ、一息つきたいところなのだが……。

そんな俺たちの願いとは裏腹に、事態はさらに悪化する。

「新手が来たな！　ありゃ……騎士か？」

庭を囲うようにして聳《そび》えるコの字型の館。

その両端から、全身鎧《よろい》をまとった一団が現れた。

鎧の中身はゾンビか何かだろうか。

普通の人間と比べると動きがぎこちないものの、それなりに統制が取れている。

「むっ！」

ニノさんが投げたクナイを、騎士たちは盾を掲げて防いだ。

やはり、多少は知能があるようだ。

ニノさんはやむを得ず短刀を取り出すと、近接戦へと移行していく。

彼女をフォローすべく、すかさずロウガさんが距離を詰めた。

「大丈夫か？」

「何とか。ですが、私には少し不利な相手ですね」

「いざとなったら、聖水を投げればいいさ」

互いに背中を合わせるニノさんとロウガさん。

二人は互いの武器に聖水をたっぷりしみこませると、獰猛《どうもう》な笑みを浮かべる。

仮にも一流と呼ばれるクラスの冒険者である。

このぐらいの修羅場《しゅらば》ならば、既に何度か潜ってきているようだ。

「ジークは先に向かってください！　このまま包囲されれば、あなたもすぐに身動きが取れなくなりますよ！」

「でも、このままだと……」

「ちっ！　またデカいのが来たぞ！」

ダメ押しとばかりに、他と比べて明らかに巨大な騎士が姿を現した。

ざっと見たところ、身長三メートルといったところであろうか。

中身はオーガか何かのようで、鎧の隙間《すきま》から灰色の肌と隆起した筋肉が見える。

こちらが攻め込む準備をしたのと同様、敵もまた防衛のための準備をしていたようだ。

ドラゴンゾンビにも匹敵《ひってき》するほどの巨大な戦力だ。

「あいつは俺が引き受けよう。ジーク、早く行け！　このままだとジリ貧になる！」

「ええ！　この様子からして、敵はまだ戦力を持っています！　大元の魔族を倒さなくては、まだまだデカいのが来ますよ！」

館の入り口を見ながら、先に行くことを促すロウガさんとニノさん。

……確かに、二人の言う通りかもしれない。

この様子だと、敵の戦力にはまだ余裕があることだろう。

だが、いま俺たちを襲っているアンデッドたちは魔族の指示を受けて動いているはずだ。

その魔族さえ倒してしまえば、行動を止める可能性は十分にある。

「……わかりました」

「おう、任せとけ！」

「私の活躍、お姉さまによろしく伝えてください！」

さらりと自分の要望を伝えてくるニノさん。

この様子なら、まだまだ余裕はありそうだな。

俺は軽く息を吐くと、二人にお辞儀をして走り出す。

「ワオオオォンッ!!」

俺の動きを察知して、追いかけてくる犬と騎士。

その攻撃をかわし、受け止め、そらす。

敵の攻撃は、数こそ多いが非常に遅い。

ライザ姉さんとの特訓に比べれば、そこまで大したことはなかった。

まあ、剣聖と比較してはかわいそうか。

「はっ！　せいっ！」

攻撃を回避しながら、進路を塞ぐ敵に飛撃をぶつける。

集中が高まり、時の流れがひどく緩慢に思えた。

敵の攻撃は次第に激しさを増していくが、その間をするりするりと抜けていく。

「……よし！」

無事に館の入り口へとたどり着いた俺は、そのまま中に滑り込んで扉を閉じた。

これでひとまずは安心か。

俺が改めて館のエントランスの方を向くと、不意に明りが灯《とも》る。

「なんだ？」

「よく来たな、歓迎しよう」

地の底から聞こえて来たかのような、低く威厳のある声。

声のした方へと視線を上げれば、階段の先に例の魔族の姿があった。

人と獣を掛け合わせ、翼を生やしたような姿はまさに異形。

見ているだけで、生理的な嫌悪感が湧き上がってくるかのようだ。

「お前が……！　クルタさんをどこへやった！」

「ふん、言われずとも呼ぼうとしていたところだ。さあ、さっさと来い！」

魔族の声に促され、クルタさんが柱の陰から姿を現した。

しかし……どこか様子がおかしい。

目はひどく虚《うつ》ろで、この非常時だというのにおよそ表情というものがない。

さらにはその動きも、人間らしくない機械染《じ》みたものを感じさせる。

その様子は、まるで等身大の人形か何かのようだ。

「クルタさんに何をした……！」

「死霊魔術の実験に協力してもらった。いやあ、実にうまくいったよ。本人の強い感情を媒介に大量の死霊を憑依《ひょうい》させることでね、生きたままアンデッドに近い強靭な肉体と再生能力を与えることができた！」

なっ……！

魔族の語った内容のおぞましさに、背筋が凍り付いた。

大量の死霊を無理やり憑依させるなど、身体にいったいどれだけの負担がかかるのか。

全身の血肉を砕かれるような苦痛が、クルタさんを襲っているに違いない。

こいつ、許すわけにはいかんぞ……！

「そのために、クルタさんをさらったってわけか」

「その通り。私にとって彼女ほど都合のいい存在はなかなかいなかったからね。憑依の媒介にするに足る強い憎悪と高い戦闘力。申し分のない材料だった」

そう言うと、魔族はクルタさんの背後へと移動した。

そしてその肩を抱くと、さらに俺を挑発するように笑う。

「一応、まだこいつは助からなくもない。せいぜいあがいてみるといい。もっとも、ルソレイユでも使えなければ無理だろうがね」

「なら大丈夫だな」

「なに？　どう見ても剣士のお前が――」

「ルソレイユ!!」

消耗の激しさゆえに、ドラゴンゾンビ相手ですら温存していたファム姉さん基準でも上位の魔法。

その絶大な威力が、光とともに解放された――。

間話

ある魔族の研究

――最強のアンデッドを作り上げる。

それは死霊魔術を扱う者ならば、誰もが夢見ることである。

魔族ヴァルゲマは、長い歳月をかけてこれを実現しようと研究を進めていた。

こうして辿《たど》り着いたのが、死霊を人の肉体に憑依《ひょうい》させて生きながらにして不死者へと変じさせる秘術だ。

これを用いれば、従来のアンデッドとは比べ物にならない圧倒的な力と知性が両立できる。

倫理的に問題があることさえ除けば、まさに理想的な魔術だった。


しかしこれにも、一つだけ問題があった。

通常の人間では、魂魄《こんぱく》が死霊に強い拒否反応を示してしまうため肉体が持たないのだ。

そこでヴァルゲマが考え出したのが、死霊と人間の精神を同調させる方法であった。

死者と生者の精神を、特定の強い感情で一体化させれば拒否反応を誤魔化《ごまか》せるのだ。

どうすれば、死者と生者に同じ感情を抱かせることができるのか。

ヴァルゲマはさらに研究を重ねて、一つの結論に至った。

同じ対象へ憎悪を抱かせることが、最も手軽であると。

そしてそれを叶《かな》えるために、ヴァルゲマは実にシンプルで魔族らしい手段に出た。

村々を襲っては虐殺《ぎゃくさつ》を繰り返し、やがて復讐《ふくしゅう》者が現れるのを待ったのだ。

死者と生者、双方に自身への憎悪を抱かせようとしたのだ。

もちろん、感情を制御しきれなければ元復讐者のアンデッドはそのままヴァルゲマを襲う。

きわめてリスクの高い実験だ。

しかし彼は、その制御技術に関しては絶対の自信があった。

そして同時に、魔族らしい昏《くら》い欲望を感じてもいた。

自身を殺しに来た復讐者を手足のごとく使えば、さぞ気持ちよかろうと。

こうして、村を襲いながら復讐者を待ち続けること数百年。

ようやく現れた理想の被験体がクルタであった。

歳月を経《へ》て熟成された強い憎悪の念と鍛え上げられた高い戦闘力。

そして、まだ若いことから肉体的な無理も効く。

ヴァルゲマはさっそく彼女を用いて、彼の考える最強のアンデッドを具現化した。

しかし――。

「クソが、クソが、クソがあああぁっ!!!!」

たった一瞬。
その実力を見ることすらないまま、最強のアンデッドは浄化され、人間へと戻った。
あまりの出来事に、言葉を失うヴァルゲマ。
数百年に及《およ》ぶ彼の研究は、こうしてあっけなく消失したのであった——。

第八話 姉との再会

「うおあああァ!!」

先ほどまでの理性的な態度はどこへやら。

魔族は言葉にすらならない雄叫《おたけ》びを上げると、癇癪《かんしゃく》を起こした子どものように手足を振り回した。

——ズゥン、ゴゥン!!

理性を失って、逆に制限が外れたのだろうか。

拳《こぶし》が壁を打ち破り、足が床を粉砕した。

こりゃ、放っておいたら館が更地になるまで暴《あば》れそうだな！

俺《おれ》は大急ぎで、放心状態になっているクルタさんを回収する。

「小僧め、殺してくれるわ！」

「くっ！」

四足獣を思わせる、不規則で俊敏《しゅんびん》な動き。

俺は回収したクルタさんを壁際へと避難させると、剣で魔族を迎え撃った。

重いっ‼

巨人に殴られたような衝撃で、全身が痺《しび》れそうになった。

これが魔族の身体能力か、さすがに厄介だな！

「死ね、死をもって償《つぐな》え！　このヴァルゲマ様の数百年を返せ‼」

「何を言ってんだよ！」

次々と繰り出される攻撃。

フォームも何もあったものではないが、その力と速さは脅威だった。

剣で攻撃をいなしていくのがやっとだ。

後退していくうちに、館の壁が迫ってくる。

ちっ、こうなれば仕方がないな！

「ブランシェッ！」

「ぬっ！」

俺が目を閉じると同時に、剣が発光した。

視界を奪われたらしい魔族の手が、ほんの一瞬だが停止する。

その隙《すき》に脇《わき》から魔族の後ろ側へと抜けた俺は、すかさず光の魔力を込めた魔法剣を放った。

光の刃が魔族の背中へと食い込み、傷をつける。

「ぐぉっ‼」

くぐもった呻《うめ》き声を上げる魔族。
しかし、そのダメージはさほど大きなものではなかった。
思っていたよりもかなり頑丈だな……。
光の魔力を込めたおかげで傷口は再生しないが、それだけだ。
消耗はさほど見込めないだろう。
「……やってくれたな、人間め！」
痛みでいくらか頭が冷えたのだろうか。
魔族の口調は、先ほどまでと比べると平静さを取り戻していた。
俺にとっては、ある意味で悪い結果になってしまったな。
とっさに距離を取り、牽制《けんせい》のために魔法剣を何発か放つ。
しかし、そのすべてを爪《つめ》で弾かれてしまった。
「こちらから行くぞ！」
「はやっ！」
先ほどまでとはまったく異なる動きのキレ。
まだまだ粗が多いものの、圧倒的な身体能力でカバーできている。
本当に、パワーだけならライザ姉さん並みだな！
とっさに剣を横に構え、敵の突進を受け止める。

特別な隕鉄《いんてつ》からできた黒剣は、盛大に火花を散らせつつもそれに耐える。

こうしてある程度まで勢いが落ちたところで、俺はあえて床から足を離した。

無理に防いでいては、身体の骨が砕けそうだからな。

そのまま吹っ飛ばされた俺は、壁にぶつかる直前で床に剣を突き刺し、どうにかギリギリ堪《こら》え切る。

「……うわ、床に裂け目ができてるよ」

自分で作った床の裂け目に、自分で驚く。

あのまま無理に耐え続けていたら、下手をすれば背骨が折れてたな！

「やるな、小僧！　お前なら優秀な実験材料になりそうだ！」

「なってたまるかってんだ！」

再び始まる斬《き》り合い。

剣と爪がぶつかるたびに火花が飛び散り、攻防が激しく入れ替わる。

魔族だけあって、強いししぶといな……。

でも、姉さんならばもっともっと強いはずだ。

次第に姉さんと練習試合をしていた時の感覚が蘇《よみがえ》ってくる。

そうだ、このぐらいならば十分に押し切れる!!

「クソ、何だこの人間は！　聖職者ではないのか！」

「俺は剣士だよ！」

「ではなぜルソレイユが使えた⁉」

「さあな、考えてみろよ！」

ほんの一瞬。

時間にして十分の一秒にも満たない間。

魔族の動きが、俺への疑問から鈍った。

こちらの挑発によって、ごくごくわずかの時間だが思考してしまったのだ。

ここだ、ここで決めるしかない！

俺はその瞬間を見逃さず、渾身《こんしん》の一撃を放った。

黒い刃が、そのまま魔族の首筋へと吸い込まれていく。

「ぬうぅっ！」

しかし、さすがというべきか。

魔族は最後の最後まで、生を諦めようとはしなかった。

とっさに身体をあり得ない方向にまで曲げて、瀕死《ひんし》の一撃を回避しようとする。

――このままでは、ギリギリ避けられる！

肉体の構造を半ば無視しての無茶苦茶な動き。

人間では不可能なそれによって、かろうじてではあるが致命傷は回避されそうであった。

――ヒュンッ‼

だがここで、どこからか飛んできたナイフが魔族の背に刺さった。

クルタさんだった。

意識を回復させた彼女が、とっさに魔族に向かって攻撃を仕掛けたのだ。

普通ならば、牽制《けんせい》にすらならないほどの弱い一撃。

しかしその攻撃は、今の局面においては何より効いた。

「うおおおおっ‼」

ナイフに反応してしまった魔族。

その首を、俺の斬撃が容赦なく跳ね飛ばした――。


――○●○――


「ふぅ……終わった……！」

首を失った魔族の身体を見て、ほっと一息つく。

今の戦いは、俺としても結構ギリギリだった。

重い攻撃を受け続けたせいで、既に腕の感覚が半分ぐらいなくなっている。

あと数分、戦いが続いていたら押し切られていたかもしれないなぁ。

俺は剣を鞘《さや》に納めると、当惑した様子のクルタさんの元へ向かう。

「えっと……何がどうなってるんだい？　君が押されてるようだったから、とっさに援護したけど……」

「クルタさん、もしかして記憶がないんですか？」

「まあね。ちょこっとだけしか」

親指と人差し指をほんの少しだけ開き、ちょこっと具合を表現するクルタさん。

無理やりな方法で死霊を憑依《ひょうい》をさせられていたようだし、それぐらいは仕方ないか。

むしろ、苦しい時の記憶がなくてよかったかもしれない。

俺は今までに起きた出来事を、少し省略しながら説明する。

それを聞いたクルタさんは、たちまち顔を青くした。

「げっ……！　それはまた、ずいぶんと迷惑をかけちゃったね。すまない」

「いいんですよ。それより、身体の方は大丈夫ですか？」

「ああ、うん。むしろ全身が軽いぐらいなんだよね。ルソレイユのおかげかな？」

「そうかもしれませんね。あの光、肩こりとかにも効くって姉さん言ってましたし」

「姉さん？」

「……何でもないです！」

慌てて首を横に振り、誤魔化《ごまか》す。

いかんいかん、疲れのせいかガードが甘くなってしまっていた。

休息をとるまでは気を張っていないと。

「おーーい！　ジーク、大丈夫か‼」

「加勢に来ましたよ！」

館の扉が開き、ロウガさんとニノさんがすっ飛んできた。

二人は俺とクルタさんの無事を確認すると、安堵《あんど》の笑みを浮かべる。

特にニノさんの方は、クルタさんの健在ぶりを見て天使でも舞い降りて来たかのような顔をした。

喜びのあまり、このまま天に召されてしまいそうな雰囲気だ。

「お姉さまーーーー‼」

「おおっと⁉」

いきなりクルタさんの胸へと飛び込んだニノさん。

突然のことに、さすがのクルタさんも困った顔をする。

だがそんなことお構いなしに、ニノさんはものすごい勢いで語りだす。

「心配したんですよ！　お姉さまがひどい目にあわされていたらと思うと、もう気が気じゃなくて！　本当は私一人で魔族のところへ殴り込もうかと思ったぐらいなんです！　でもそれでは成功率が低いので、パーティを組んでですね……」

「う、うん……君の思いは十分伝わってきてるよ……」

「そうですか⁉　だったら今度、一緒に旅行へ行きませんか！　お姉さまのためなら何日でもお休みを取ります！」

「それとこれとは話が別じゃないかい⁉」

一方、ロウガさんは俺の方に近づいてくるニノさんに、たじろぐクルタさん。

ぐいぐいと突っ込んでいくニノさんに、たじろぐクルタさん。

「戦っていた奴《やつ》らが、急に動かなくなってな。それでもしかしてって、駆けつけたんだ」

「なるほど。やっぱり、表のアンデッドたちもあの魔族が操《あやつ》っていたんですね」

「ああ、さすが魔族って感じだな。あれだけの数をよく制御してたもんだよ」

無尽蔵にすら思われた圧倒的な物量。

あれだけの規模のアンデッド軍団を操るなど、人間の魔術師ではまず不可能だろう。

クルタさんを生きながらにしてアンデッドに変えたことといい、技術だけは凄い奴だった。

もっとも、そんな凄い技術でも悪のために使っていては意味がないけれど。

「……さあて。ひと段落着いたことだし、とっとと帰ろうぜ」

「そうですね」

「魔族の死体を忘れるなよ。あれでもすげえお宝だからな」

へえ、そうなのか。

武具の材料とかに使うのかな？

俺はマジックバッグを取り出すと、放置されていた死体へと向かった。

すると――。

「あれ？　首がない？」

床に転がっていたはずの魔族の首が、いつの間にかなくなっていた。

これはまさか……！

いやな予感がした俺は、すぐさま皆に呼び掛ける。

「気をつけて！　魔族がまだ生きているかもしれません！」

「何だと!?」

「もう遅い!!」

上方から声が聞こえた。

視線を上げれば、階段の上で首が飛び跳ねている。

油断した、あの状態でも生きていられるのか……！

魔族の生命力を、俺は少し甘く見ていたようだ。

「こうなってしまっては、さすがの俺も長くは生きられん！　だが、貴様らを道連れにするには十分だ！」

「てめえ、何をする気だ！」

「知れたこと。魔界の奥底より来たれ、魔竜ヒュドラよ！　この我に残された命、すべてくれてやろう！」

魔族がそう叫ぶと同時に、その首が青白い炎に包まれた。

こいつ、最後の最後にとんでもないことしてくれたな‼

ヒュドラといえば、魔界の奥地に棲《す》む九本首の大蛇だ。

その力は災厄級といわれるSランクの中でもさらに上位。

人間界で暴《あば》れるようなことがあれば、たちまち国の一つや二つ滅んでしまう。

魔族の力をもってしても、手が付けられないほどに危険な存在だ。

あいつ、自分が死ぬとわかって完全に自棄《やけ》を起こしやがったな！

「グオオオオオオッ‼」

「出た！」

空中に魔法陣が現れ、そこから次々とおぞましい造形の首が這《は》い出《だ》してきた。

館の壁や床が見る見るうちに粉砕され、更地と化していく。

……おいおい、なんて大きさだよ？

やがて姿を現したヒュドラの本体は、冗談のようなスケール感だった。

俺たちが前に戦ったマグマタイタス。

それよりもさらに二回りは大きく、さながら神話の巨獣のようである。

「……これはもう、お祈りした方がいいかもしれないね」

「お姉さま、弱気になってはいけません！」

「だけどこれはねえ……」

「ちょっと無理だな。人間にどうにかできるレベルじゃねえよ」

「ロウガまで……」

戦意喪失。

災害のような相手を前に、クルタさんとロウガさんはともに武器を手放してしまった。

二人ともベテランであるがゆえに、彼我の戦力差がはっきりとわかってしまったのだろう。

俺だって、とても太刀打《たちう》ちできる相手じゃないとはわかる。

魔族との戦いで消耗した分を加味すれば……だいたい三分。

それだけの時間を稼げれば、恐らくいい方だろう。

「……みんな逃げてください」

「ジーク⁉　お前、一人で時間稼ぎする気か！」

「ダメだ！　君だけを死なせるわけにはいかない！」

「だったら、ここで全員死ぬんですか！」

「それは……！」

言葉を詰まらせるクルタさん。

全員が助かることができればいいが、この状態でそれは無理だ。
誰《だれ》かが足止めをして、その間に他のみんなが逃げるしかない。
俺が、俺がやるしかないんだ……!!
「あいつを何とか食い止めます。だから、早く!」
そう言うと、俺は剣を抜いてヒュドラと対峙《たいじ》した。
注《そそ》がれる十八の眼光。
うねる九つの首は、さながら天を支配するかの如《ごと》く。
敵のあまりの大きさに、身体が押しつぶされるような錯覚を覚える。
これは、助からないかもしれないな……!
俺が覚悟を決めようとしたその時。
剣を握る俺の手に、そっと誰かの手が添えられる。
そして――。
「言うようになったじゃないか、ノア」
楽しげに笑うライザ姉さんが、俺の隣に立っていた。

――○●○――

四年に一度、武芸の国エルバニアで開かれる大剣神祭。
この大会で優勝した者には、最強の剣士として剣聖の称号が贈られる。
ひとたび剣聖となれば、大国の王ですら一目置くほどの地位と名声が手に入った。
このことから、剣聖を目指し大会へ出場する剣士はいつも数千人単位。
中には国の大々的な支援を受けた騎士や、既に活躍している有名な冒険者なども多い。
名実ともに、世界最強の剣士を決める戦いなのだ。
この大会を勝ち抜き、剣聖となったライザ姉さんは当然ながら強い。
そのことは俺も嫌というほど認識しているつもりだった。
しかしその認識は、まだまだ甘かったらしい。
「……これが、ライザ姉さんの本気なのか！」
視界を覆《おお》いつくすような巨獣ヒュドラ。
その九つの首の間を、ライザ姉さんは縦横無尽に飛び回っていた。
そう、飛んでいるのだ。
空気を蹴飛《けと》ばして、自在に宙を駆けているのである。
超高等歩法「天歩《てんほ》」。
姉さんはそれを完全に使いこなし、三次元での動きをしていた。
「なぁ、あの人は誰なんだい？　さっき、声かけられてたようだけど」

「知り合いか？　いきなり現れたにしては、強すぎんだろ」

「……何ですか、あれは」

戸惑いを見せるクルタさんたち。

ニノさんに至っては、姉さんのことを人間じゃない何か別のものだと認識しているようだ。

誰ではなく、何である。

そりゃ、あの人間とは思えない動きを見せられたら誰でもそうなるよなぁ。

けど、俺の方も大いに戸惑っている。

ギルドが姉さんに連絡してから、まだ三日も経《た》っていないはずだ。

快速馬車を使っても、実家からここまでは軽く二週間はかかるはず……。

どう考えても、到着するのが早すぎる。

まさか、シエル姉さんが伝説の転移魔法でも完成させたのか？

「えっと、あれは……その……」

まさか、素直に姉さんだとは言えない。

剣聖の身内なんてことになったら、自由に動けなくなりそうだし。

ううーん、いったいどうすれば……。

俺がこうして答えあぐねている間にも、戦いは佳境へと差し掛かる。

「はあぁぁっ!!」

身体を大きくひねりながら、巨大な首を斬り飛ばす。
そのまま宙を蹴《け》ると、今度は逆回転しながら迫りくるヒュドラの頭を縦に斬った。
鋼より硬いとも言われるヒュドラの鱗《うろこ》。
それがいともたやすく、木の葉でも斬るように真っ二つになっていく。
「……図体《ずうたい》だけだったな」
念には念をといったところであろうか。
首をすべて切り落とし、さらに胴体も両断したところでようやく姉さんは剣を納めた。
時間にして、わずか五分ほど。
国をも亡ぼす魔界の大魔竜は、一方的に殲滅《せんめつ》された。
姉さんはやれやれと肩を回すと、改めて俺の方を向く。
――にこり。
どこか含むところのある笑みが、猛烈に怖かった。
後ろに転がっているヒュドラの死体にさえ、負けないほどのド迫力だ……！
「さてと。邪魔者も切ったところで、改めて詳しい事情を聴かせてもらおうか」
「………ごめん、みんな!!」
こうなりゃ逃げるしかない！
俺は慌てて姉さんに背を向けると、一目散に走りだした。

クルタさん、ロウガさん、ニノさんごめん!!

バーグさんも、直接達成報告できなくてごめんなさい！

ロックタイタスの素材は置いていくから、ロウガさんたちから受け取ってほしい！

俺は内心であれこれ謝りつつも、姉さんへの恐怖から全力で足を動かす。

だがしかし――。

「逃げられると思ったのか？」

「へっ⁉」

いつの間にか、後ろにいたはずの姉さんが目の前にいた。

皆に内心で謝るため、目を閉じたわずか一瞬。

その隙に、俺の前方へと移動してきたようだ。

……この人、本当に俺と同じ生き物なのか⁉

とっさに足を止めて方向転換を試みるが、それすらも先回りされてしまう。

「…………参りました」

「よろしい」

――姉さんからは逃れられない！

俺はやむなく、白旗を上げたのだった。

――○●○――


「まさか、あなたが剣聖の弟だったとは。人は見かけによりませんね」

「すげえやつだとは思っていたが、なるほどなぁ」

姉さんからおおよその事情を聴いて、ニノさんたちは驚いた顔をした。

その直後、俺のことをちょっぴりからかうような顔で見てくる。

このことをみんなに広めたいと、目が語っていた。

放っておいたら、明日にでも町中の噂《うわさ》になっていそうだ。

俺は慌《あわ》てて、三人に対して釘《くぎ》を刺す。

「言わないでくださいよ！　皆にばれたら絶対に面倒なことになりますから！」

「……俺たちは構わないが、ライザさんはどうなんだ？」

「私もことを公にするつもりはない。簡単な報告だけ済ませたら、こっそり連れ帰るつもりだ」

そう言うと、姉さんは俺の手をがっしりと握った。

そして何故《なぜ》かニノさんとクルタさんに強い視線を送ると、威圧するように言う。

「ノアは私の弟だからな。私と一緒に家に帰るのがベストなのだ！　な？」

「……本人はここに残りたがっているようですが」

「ジーク君、すっごい渋い顔してるねぇ」

「ジークではない、ノアだ！」

姉さんは少しムキになってそう言うと、俺の身体をグイっと自分の方に引き寄せた。

そして、顔をまっすぐ覗《のぞ》き込みながら尋ねてくる。

「ノア、お前は強くなりたいのだろう？　だったら、私の元で修行を積むのが一番だ。才能のないお前でも、あと五年も修行すればいっぱしの剣士にはなれるかもしれない！」

「……魔族にほぼ勝っていた時点で、十分すぎるほど強いと思いますが」

「うん、Aランクの僕より明らかに強いよ」

「甘い！　そんなことだから、ヒュドラごときに騒ぐ羽目になるんだ‼」

口をはさんだニノさんとクルタさんに、猛反発する姉さん。

まぁ、姉さんの基準からしてみればヒュドラなんてデカイだけの蛇だろうからなぁ。

純粋に技量の向上だけを考えるなら、やはり姉さんの元に戻って修行するのが良いだろう。

あのヒュドラにだって、すぐに勝てるようになるかもしれない。

けれどそれは……ううーん……。

「姉さん。俺、やっぱりここに残るよ」

「なっ！　お前、この姉の指導がそんなに気に入らないって言うのか⁉　私は剣聖だぞ！」

「そうじゃないよ！　姉さんの指導は、キッツいけど身にはなると思う。けどこのまま姉さんに頼っていていいのかって」

「……どういう意味だ？」

「姉さんは強すぎるんだよ。だからこう、近くにいると頼っちゃいそうというか。精神的に自立できなくなる気がするんだ。それに姉さんだけに習ってたら、いつまで経《た》っても俺は姉さんの劣化にしかなれないと思う」

俺が切実に訴えると、姉さんは渋い顔をした。

いつもならば、こんなこと言ったら有無を言わさずに拳骨《げんこつ》が落とされるところだけど……。

今日はそれがなかった。

人前で遠慮しているのか、それとも何か思うところがあるのか。

姉さんは腕組みをすると、そのまましばらく考え込んだ。

そして――。

「……二つ条件がある」

「おおお！　ありがとう、姉さん！」

「喜ぶのは早い、人の話は最後まで聞け！　……一つ目の条件はもし、万が一、ないとは思うが。誰かと付き合うことになったらすぐ連絡しろ。無許可で交際するようなことは絶対に許さん。私の許可を取れ！」

「は、はい！」

「二つ目は――」

もったいぶるように間を持たせる姉さん。

何だか、凄く嫌な予感がしてきたぞ。

まさか……な。

いくら頭が筋肉でできている姉さんでも、そんな無茶ぶりはしないだろう。

だって俺と姉さんの実力差は――。

「私に一本入れろ。どんな手段を使っても構わん」

……うん。

姉さんは俺の予想を超えて、脳筋だったようだ。


――○●○――


「姉さんに……一本？」

いくら何でも、それは無理じゃないのか？

そんなことができる人、この世界に何人いることやら。

俺は恐る恐る、探るような口調で聞き返した。

するとライザ姉さんは、あっけらかんとした態度で言う。

「ああ、そうだ。私から一本取ることができれば、ノアがこの街に残ることを許そう。他の姉妹《しまい》たちにもしっかりと黙っておいてやる」

「それって、完全に忘れてくれるってこと？」

「うむ、お前がここに居たということは胸に秘めておいてやるぞ。一本取れれば、だがな」

うーーん、つまり一本取ることさえできれば、今まで通りラージャにいられるというわけか。

ライザ姉さんは、何だかんだ言って約束は律義に守るタイプだからなぁ……。

約束の履行《りこう》については心配ないのだけど、姉さんから一本取るのは至難だ。

俺は今まで数えきれないほど姉さんと模擬戦をこなしてきたが、未《いま》だに一本も取れたことがないのだから。

「……一本、取らないとダメ？　実力を示すってことなら、魔物を倒すとかでもいいんじゃないか？」

「ダメだ。私が直接実力を確かめねば意味がない」

「そうは言っても……」

「これでも、お前が今までしてきたことを聞いて大幅に譲歩しているんだぞ。お前がろくに実績を出せていなかったら、問答無用で連れ帰っていた」

そう言うと、姉さんはニノさんたちの方を見やった。

三人の意見も聞き入れたと言いたいようだ。

確かに、今までの姉さんの態度から考えると……譲歩といえなくもないのか。

ぐぐ……どうしたものか……!!

俺が大いに悩んでいると、姉さんは挑発するように言う。

「私に挑んだところで、一本取れる確率はほとんどないからな。賢い判断だろう。戦わないというのなら、連れて帰るしかないがな」

「…………わかった、やろう」

「ん？」

「勝負するよ。姉さんから、一本取る！」

俺がそう言うと、ライザ姉さんは意外そうに目を丸くした。

今までの俺だったら、あれだけ挑発されても普通に引き下がっていたからな。

まさかこの絶望的な戦いを了承するとは思っていなかったのだろう。

ヤバい、怒られるかな？

俺が警戒していると、意外なことに姉さんは笑みを浮かべた。

「……ふっ！　やはり成長したようだな、ノア！」

「そ、そうかな？」

「ああ。以前のお前なら、私に怯《おび》えて戦いを挑むことなどなかっただろうからな」

そう言うと姉さんは、ロウガさんの顔を見た。

「えっと、ロウガ殿だったか？」

「何か俺に用か？」

「ラージャの街に、決闘ができるような場所はあるか？　できれば、部外者には見られない場所がいいのだが」

「そうだな……。水路通りの酒場の地下に、小さい闘技場があったな。あそこなら、貸し切りにしちまえば誰も来ないはずだ」

「じゃあそこを借りて、三日後に勝負だ。それまでにしっかりと準備をしておけ」

「……わかった。負けないよ、姉さん」

「ああ、楽しみにしている」

こうして俺と姉さんは、戦うこととなったのであった。


――○●○――


「まさか、魔族がヒュドラを呼び出すとは……。でも、皆さん無事に帰ってこられて何よりです！」

ギルドの応接室にて。

俺たちが報告を済ませると、受付嬢さんは心底ほっとしたような顔でそう言った。

一方のマスターは、既に倒されたとはいえヒュドラが出現したことに頭を痛めているようだ。

「そんな大物魔族が人界に潜伏していたとはな。もしかすると、魔界に何かが起きているのかもしれん……」

「ひとまず、ギルド本部に報告を上げておきましょう。調査が必要かもしれません」

「そうしてくれ。Sランク冒険者の派遣についても、取り下げないでおくように」

「かしこまりました」

お辞儀をした受付嬢さんは、仕事のためそのまま部屋を後にした。

あとに残ったマスターは、姿勢を正すと改めて俺たちに頭を下げる。

「改めて、今回の件はとても助かった。ラージャ支部のマスターとして、礼を言わせてもらおう。特にライザ殿は、これほど早く救援に来てくださるとは思わなかった。心から感謝する！」

深々と頭を下げるマスター。

身分のある男性がするにしては、いささかお辞儀の角度が深すぎるぐらいである。

それだけ、深く感謝をしているということなのだろう。

……事情を知らなければ、ラージャの街のために全速力で駆けつけてくれたとしか見えないからな。

それを見た姉さんは、少し居心地が悪そうに頬《ほお》を掻《か》く。

「……その気持ちは、ありがたく受け取っておこう」

「それで報酬についてなんだが、もう時間が時間だ。査定は明日にしたいが構わないか？」

「ああ、それで問題ない。ノ……ジークたちはどうだ？」

「俺たちもそれでいいですよ」

「では、また明日会おう」

こうして俺たち四人はひとまずギルドから外に出た。

さて……三日後までに何ができるかな。

ひとまず明日は、バーグさんの店に行って先延ばしになっていた達成報告をしないと。

ついでにギルドへ行って、査定してもらった分の受け取りもしないとな。

身体も疲れているし、明日はそれで手いっぱいか。

それで明後日は――。

「ノア、ちょっといいか？」

「この街にいる間はジークで」

「ああ、すまんすまん。……それでジーク、一つ頼みがあってな」

「何ですか？」

「今夜、部屋に泊めてくれないか？　すっかり遅くなってしまったが、宿を取っていなくてな」

「え、それは……」

「姉弟といっても、それは感心しないよ。だーめ！」

俺が戸惑っているうちに、クルタさんがすごい勢いで断ってしまった。

彼女は俺の手を取ると、庇《かば》うように自分たちの方へと引き寄せる。

え、ええ⁉

なんで俺のことなのにクルタさんが返事をするんだ？

というか、どうして俺を引き寄せる⁉

助けを求めてとっさにロウガさんの方を見やると、彼は笑いながら視線をそらしてしまった。

ニノさんも、膨《ふく》れた顔をしつつも黙っている。

「……そうか。ならばジークよ、三日後の勝負は一切《いっさい》容赦はしない。メッタメタのギッタギタのボッコボコにするから覚悟していろ！」

……ヤバい。

よくわからないけど、なんか状況が悪化した！

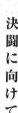

第九話　決闘に向けて

「……おいおい、えらく辛気臭《しんきくさ》い顔してるな？」

翌日。

ニノさんたちと一緒に店を訪れた俺《おれ》を見て、バーグさんは怪訝《けげん》な顔をした。

彼は作業を中断してこちらに近づいてくると、俺の顔を見上げる。

「まさか、依頼に失敗したのか？　もしそうなら、その剣は返してもらわないといけないぜ」

「ああ、それは問題なく成功しましたよ。これ、ロックタイタスの素材です」

マジックバッグを取り出すと、中からロックタイタスの甲羅の一部を取り出す。

バーグさんは早速それを受け取ると、小さな金づちを取り出してカツカツと叩《たた》いた。

すると、金属とも石とも取れぬ硬質な音が響く。

「うん、間違いねえな。質もよさそうだ」

「ついでに、こんなのもあります」

嬉《うれ》しそうな顔をするバーグさんに、俺はマグマタイタスの素材も取り出して見せた。

ロックタイタスと比べていくらか黒褐色をしたそれを見た途端、バーグさんの眼の色が変わる。

「おお！　こいつはもしや……！」

俺《おれ》から素材を受け取ると、ロックタイタスの時と同じように金づちで叩《たた》いて音を確認する。

先ほどより、ほんの少し重く沈んだ音がした。

バーグさんの表情がみるみる明るくなり、口から会心の笑みがこぼれる。

「やるじゃねえか‼　マグマタイタスの素材なんて、久しぶりに見たぜ！　こいつはロックタイタスよりも上質な砥石《といし》になるが、数も少なきゃ倒せるやつも少ねえんだよな」

「じゃあ、こっちもお譲りしますね」

「おう！　ロックタイタスの報酬とは別に、八十万でいいか？」

さすがは一流の鍛冶職人、なかなかに気前がいい。

ただでさえ、黒剣を実質的に半額以下で売ってもらっているというのに素晴らしい。

俺はすぐさま首を縦に振る。

「ありがとよ。しかし、マグマタイタスなんぞ倒してきたぐらいだ。仕事は大成功だったんだろ？　なんであんなにしけた顔してたんだ？」

「その後でいろいろとありまして」

「ああ、パンタネルで仕事を終えたままでは良かったんだがなぁ……」

「あの後は、本当に疲れましたね」

クルタさん誘拐騒動を思い返しながら、俺たち三人はふっとため息をついた。

無事に片付いたとはいえ、かなりの大事件だったからなぁ。

ヒュドラなんて超大物まで現れちゃったし。

挙句、姉さんまで出てきちゃったからなぁ……。

「そういや、教会でゾンビが出たとか騒ぎになってたな。あれの関係か？」

「ええ、まあ……詳しいことは言えないですけど」

「そうか、大変だったな。だが、今ここに居るってことは無事に済んだんだろ？」

「ええ、事件自体は解決しました。ただその……成り行きで、決闘することになっちゃいまして」

ほほうっとうなずくバーグさん。

彼はそのまま目を細めると、楽しげに笑みを浮かべる。

「決闘か。そいつはなかなか面白《おもしろ》そうじゃねえか」

「笑いごとじゃありませんよ！　勝たないといろいろマズいですし、しかも相手はめっちゃくちゃ強いんです」

「つっても、お前さんだってマグマタイタスを倒すぐらいだろ？　そんなにビビることねえだろ」

「それが、その……」

「剣聖ライザさんなんですよ、その相手が」

静かに告げるニノさん。

すぐにバーグさんの眼がぎょっと見開かれた。

さすがに、剣聖が相手だとは思っていなかったらしい。

そりゃ、一般人でも知ってるクラスの存在だものなぁ……。

「おいおい、何がどうなったらそんなことになるんだ⁉」

「事情は言えませんが、いろいろありまして……」

弟だなんて言ったら、絶対にややこしくなるからな。

今後の平穏な生活のためにも、秘密にしておいた方が絶対にいい。

こうして俺があえて細かいところを誤魔化《ごまか》すと、バーグさんは何を勘違いしたのか、勝手に納得したような顔をしてうなずく。

「若気の至りってやつか。わかるぜ、勢いで強い相手に挑む気持ち。俺も昔は、ドワーフの王様に鍛冶勝負を挑んだりしたもんだ」

「は、はぁ……」

「ま、そういうことなら俺も力を貸すぜ。無茶な奴《やつ》は嫌いじゃねえ」

「ありがとうございます。気持ちだけでもありがたいです」

もし姉さんとの決闘で剣が破損したりしたら、遠慮なくバーグさんを頼らせてもらおう。

まあ、この頑丈極《きわ》まりない黒剣が壊れるようなことはまずないだろうけど。

これが壊れるよりも前に、俺の身体の方が持たなくなると思う。

「武器以外にも、手慰《てなぐさ》みで作ったもんが結構あるんだ。良かったらそいつを見て行けよ。何か役に立つものがあるかもしれねぇ」

「あ、そういうことならぜひ！」

「よし来た！　ふふふ、こいつらを見せるのはジークたちが初めてかもしれねえなぁ」

鼻歌を歌いながら、楽しげな様子で奥の工房へと向かうバーグさん。

倉庫でもひっくり返しているのだろうか？

ガタンバタンと騒々しい物音が聞こえてくる。

やがてそれが収まると、バーグさんは大きな木箱を手に戻ってきた。

中には大砲の弾のような物体から、不気味な造形の人形まで様々なものが詰まっている。

「へえ……バーグのオッサン、こんなもんまで作ってたのか」

「魔道具ですか？」

「ああ、いろいろ揃《そろ》ってるぜ。例えばこれとかどうだ？」

そう言ってバーグさんが取り出したのは、小ぶりな投げナイフであった。

その柄には、細い筒のようなものが巻き付けられている。

「何です、これ？」

「投げナイフだが、柄に小型の爆弾が仕込んである。当たれば結構な威力だし、煙で視界を奪うこともできるがバランスがあんまり良くなくてな」

「なるほど……。でも、使いこなせばいざというとき頼りになりそうですね」

そう言うと、俺はそっとニノさんの方を見た。

クナイをあれだけ自由自在に操《あやつ》れるニノさんならば、投げナイフもかなり得意なのではないだろうか？

あの技があれば、姉さんとの決闘でも相当に役立ちそうだけど……。

俺はすぐさま、ニノさんに向かって深々と頭を下げた。

「ニノさん、もしよければ俺に投擲《とうてき》術を教えてくれませんか？　お願いします！」

「……頭を上げてください。もちろんいいですよ、時間もないので少し厳しくなりますが」

「ありがとうございます！」

「そういうことなら、俺の盾術もどうだ？　それなりには役に立つと思うぜ」

そう言うと、背負った大盾をポンポンと叩くロウガさん。

確かに、ロウガさんの盾術も習得できれば大いに役立つことだろう。

基本的に俺は回避型だが、攻撃を弾く技はいざという時に有用だ。

「ぜひお願いします！　でも、いいんですか？」

「何がだ？」

「普通、高ランクの冒険者さんは手の内を明かしたがらないので……」

冒険者にとって、磨き上げた技は大事な財産である。

おいそれと他人に伝授するようなものではない。

俺が少しばかり遠慮すると、ロウガさんは笑いながら言う。

「水臭いこと言うなよ。俺たちもう仲間だろう」

「ロウガさん……助かります！」

「ははは、いいってことよ」

「どうせなら、僕の無刀流もどうだい？」

不意に、後ろから声を掛けられた。

振り向けば、そこにはクルタさんが立っている。

驚く俺に対して、彼女は微笑みながら語りかけてきた。

「ギルドにいなかったから、ちょっと探したよ」

「クルタさん、どうしてここへ？」

「そりゃあ、助けてもらった恩人にお礼でもしようかと思ってね」

そう言うと、クルタさんは魔力を練って小さな刃を作り出した。

青白く光るそれを、くるくると回しながら演武のような型を披露する。

シュンシュンと心地よい風斬り音が響いた。

「少し立ち聞きさせてもらったよ。決闘に備えて特訓するなら、僕の技も学んでいくといい。この通り、なかなか便利なもんだよ」

「おお、ぜひぜひ！」

「素直だね、よろしい。ビシバシ鍛えてあげよう」

「はい！」

こうして俺は、決闘に向けて三人の指導を受けながら特訓することとなった。

間話　姉の心、弟知らず

ラージャの街の中心部。

大通りに面した一等地に、そのホテルは建っている。

創業百年を誇る老舗《しにせ》『レ・ルクセント』。

王侯貴族も贔屓《ひいき》にするこの名門のスウィートルームに、ライザは昨日から宿泊していた。

宿を紹介してほしいとギルドに申し出たところ、ここを案内されたのだ。

「……気を利《き》かせ過ぎだろう。まったく」

一泊で五十万は取られるであろう豪奢《ごうしゃ》な部屋。

いくら剣聖とはいえ、このクラスの客室へ泊めるとは少々過剰な待遇である。

少しでも心証をよくして、いずれは冒険者になってもらいたい。

そんな冒険者ギルドの思惑が、透けて見えるようであった。

駆け引きにはとんと疎《うと》いライザであるが、こうまで露骨だとさすがに気付く。

「まあ、気持ちはわからないでもないがな」

最近、どうにも魔族の活動が活発になってきている。

それに対抗するため、冒険者ギルドも戦力が必要なのであろう。
ライザへの勧誘が執拗《しつよう》になるのも、ある意味では当然だった。
もっとも、彼女自身には冒険者になる気などさらさらない。
次から次へと仕事が舞い込んできて、手が回らなくなるのが間違いないからだ。
冒険者が依頼を受けるかどうかは、一応本人の自由である。
しかし、国や貴族からの依頼を断り続けるのは難しいのが現実だ。
ギルドからそれとなく強制されたりもするという。
ライザに交渉技術があればまた別なのだろうが、あいにくそのようなものはない。
できないものはできないと、スパンと言ってしまうのが落ちである。
「一応、ファムに知らせておくか」
聖女という職業柄、ファムは魔族について詳しかった。
教会にとっては不倶戴天《ふぐたいてん》の仇《かたき》ということで、徹底的に調べつくしているからである。
ある意味で専門家の彼女ならば、魔族対策の何かいい知恵を出せるかもしれない。
何だかんだといって、ライザと冒険者ギルドとはそれなりに長い付き合いである。
所属するつもりはないが、まったく義理や情がないわけでもなかった。
人を紹介するぐらいならばしてやっても良い。
「……それよりも、だな」

にわかにライザの顔が険しくなった。

額の端に、ヒクヒクと青筋が浮かぶ。

先ほどまでの冷静さとは打って変わって、個人的な感情が思い切りにじみ出ていた。

「まさかノアが、たったひと月であんなことになっていたとは……！」

ノアの手を引き、ライザから引き離した少女。

名前は確か、クルタといったか。

彼女の顔を思い浮かべながら、ライザは忌々《いまいま》しげにつぶやく。

二人の関係がどこまで進んでいるのかは、まだよくわからない。

あのクルタという女が、一方的に言い寄っているだけの可能性もある。

けれど、ノアも何だかんだで男の子だ。

ライザやほかの姉妹《しまい》がラフな服装をしていると、それとなく目を向けてくるぐらいの欲望はある。

『そこそこかわいい程度』のクルタでも、熱心に言い寄ってきたら悪い気はしないだろう。

そう、ライザからすれば『そこそこかわいい程度』のクルタでも。

「私だって、私だって……！　それをそれを……！」

つぶやく言葉にますます力が籠《こも》っていく。

才能は間違いなくある。

実力もすでに、並の剣客よりもはるかに上。

しかし、剣士として重要な気合いと根性に欠けている。

それがライザのノアに対する評価だった。

なまじ頭が良いせいか、諦めの早すぎるところがあると彼女は認識していたのだ。

だからこそ、ライザはそれを克服させるためにノアへきつく当たってきた。

精神を鍛えるには、厳しい修行を課すのが一番だと考えたのだ。

本当はノアのことが大好きで、甘えてほしくて仕方ないのを押し殺して。

こうして長年溜《た》め込《こ》まれた思いがいま、一気に溢《あふ》れ出しそうになっていた。

放っておけば、今すぐノアへと会いに行ってしまいそうなほどだ。

「ええい、こうしてはいられない！」

ライザは木刀を手にすると、素振りを始めた。

精神を少しでも落ち着かせるべく、神経を研ぎ澄まして。

たちまち冴《さ》えわたる剣閃が、心地よい風切音を響かせる。

「絶対に勝つ！　勝ってノアを家に戻す！　そして……私に甘えさせてみせる！　お姉ちゃん大好きって言わせてやるぅ!!!!」

思いのたけを反映してか、次第に速まっていく剣速。

切っ先の奏《かな》でる音が、徐々に高音へと変わっていく。

やがて音の速さに近づいた剣は、僅《わず》かではあるが風の刃を飛ばすようになっていた。
しかし心ここにあらずといった様子のライザは、それになかなか気づかない。
そして――。
「あっ！」
剣から飛び出した風の刃が、ホテルの壁を切り裂いた。
分厚い石の壁に、いともたやすく穴が空く。
ライザはハッとした顔をするものの、もはや手遅れ。
人が出入りできるほどのサイズの穴は、誰《だれ》がどう見ても修理が必要であった。
「少し気持ちが入りすぎたか……。ま、まあいい！　何が何でも勝つ！」
無理やりに気を取り直すライザ。
それから三日後。
いよいよ、ライザとノアの決闘が始まる――。

第十話

決闘

迎えた決闘当日。

俺《おれ》たちのパーティーにクルタさんと姉さんを加えた五人は、連れ立って水路通りを歩いていた。

街を貫く水路に沿って酒場やレストラン、さらには娼館《しょうかん》といった店が雑多に建ち並ぶこの界隈。

受付嬢さんが前に悪所と表現した通り、全体にどことなく猥雑《わいざつ》な空気感が漂っていた。

まだ昼間だというのに、そこかしこから溢《あふ》れてくる酒の香り。

建物の陰には、ちらほらと客引きらしき女の姿も見て取れる。

集団で歩いているので特に何もされないが、一人だったらきっと声掛けも凄《すご》いのだろう。

「……ロウガ殿。本当にこの先に、決闘できる場所などあるのか？」

訝《いぶか》しげな顔で、姉さんが前を歩くロウガさんに尋ねる。

確かに、本当にこんな場所に闘技場なんてあるのだろうか。

今のところまったくそのような気配はしなかった。

「大丈夫、場所はちゃんと確保してあるからよ。ほら、あの酒場だ」

そう言ってロウガさんが指さしたのは、通りの端にある大きな二階建ての建物だった。

酒瓶《さかびん》の描かれた大きな看板が、軒先に掲げられている。

しかし、建物の大きさに反して人はあまりいないようであった。

営業自体はしているようだが、カウンターに一人、酔いどれの男がいるだけである。

「かなり空いてますね。昼だから当然といえば当然ですが」

「酒を飲みながら血沸き肉躍る戦いを見られるってことで売り出したらしいが、剣闘士や魔物を手配するのに思った以上に金がかかったそうでな。結局闘技場はほとんど使われず、今じゃ酒場もほとんど開店休業中だ」

「兵《つわもの》どもが夢の跡というわけですか」

「ま、そのおかげで安く貸し切りにできたんだけどよ」

そう言って、ロウガさんは俺《おれ》たち四人を一旦《いったん》店の外で待たせた。

彼はそのまま一人で店に入ると、カウンターにいる店主らしき男に親しげに話しかける。

どうやら、ロウガさんはここの常連であるようだ。

「さすが、水路通りの主《ぬし》って言われてるだけのことはあるねぇ」

「何ですか、それ?」

「ジーク君、知らないのかい?」

からかうように聞き返してくるクルタさん。

俺はゆっくりと首を横に振った。

すると今度はニノさんが、ふうっとため息をつきながら言う。

「ロウガは休みのたびにこのあたりをフラフラしていますからね。いつの間にか、主って呼ばれるようになったんですよ」

「へぇ……」

「ジーク、お前はそんな風になってはいけないぞ。変な遊びを覚えたら、怒るからな？」

かなりマジなトーンで告げてくる姉さん。

ピクピクッと口元が震えているのがすごく怖い。

……ロウガさんの誘いに、うっかり乗らないように気をつけないとな。

朝帰りをしたら部屋に姉さんが待ち構えていたとか、普通にありそうだ。

「おーい、来てくれ！」

俺が震えているうちに、ロウガさんと店主の話が終わったようだ。

早速彼の案内で酒場の中に入ると、奥の階段から地下へと降りていく。

おお……これは凄い！

やがて階段を降りた先にあったのは、思いもよらぬほど立派な闘技場であった。

よくもまぁ、酒場の地下にこれだけの施設を作ったものだ。

ざっと見た感じ、客席数は二百から三百といったところか。

俺たち二人で戦うには、十分すぎる広さである。

「簡易的なものだが、闘技場の壁は魔法障壁で強化もされてる。よほど無茶をしない限りは大丈夫だそうだ」

「なるほど、それは心強い」

「……といっても、あくまで普通基準の話だからな？　あんたの動きにどこまで耐えられるかはわからんぜ」

姉さんに改めて念押しをするロウガさん。

まあ、姉さんが本気を出したらこの世界の物はだいたい斬れるからなぁ。

シエル姉さんが丹精《たんせい》込めて造った魔法障壁なら防ぐかもしれないけれど、ここで使われている機材にそのクラスを期待するのは無茶だろう。

「それなら安心してくれ。対人戦に過剰な威力はいらないからな。武器も私は木刀を使わせてもらおう」

マジックバッグから木刀を取り出す姉さん。

彼女はそのまま闘技場の中心近くへと移動すると、正眼の構えを取った。

――空気が変わった。

剣を構えただけで、ただならぬ気迫が伝わってくる。

「では、私たちは客席へ行きますね」

「頑張ってくれよ、ジーク君！」

「そうだ、剣聖が相手でもビビるんじゃねえ！　かましてやれ！」

クルタさんたちは俺に一声ずつかけると、そのまま客席へと移動した。

さて……いよいよだ。

俺は額に汗を浮かべながら、黒剣を抜く。

「ほう……家を出た時とは、やはり目つきが違うな」

「ええ。修行もしましたしね」

「よかろう。その成果、見せてみろ！」

目を猛禽《もうきん》のごとく輝かせながら、笑う姉さん。

彼女の剣の特徴は、何よりもまず速いこと。

気を抜けば一瞬にして敗北してしまう。

決闘開始からの一秒ほど。

そこで繰り出される姉さんの最初にして最速の一撃をどう凌《しの》ぐかが、一番の課題だ。

「では……勝負、始め！」

ニノさんの声が開幕を告げる。

さあ、いよいよ来るぞ……！

俺は即座に防御態勢をとったが、先に仕掛けたのはやはり姉さんであった。

彼女は倒れるようにして前傾姿勢を取ると、ほんの一瞬で距離を詰めてくる。

相変わらず、とんでもない速さだ。

心なしか、いつもよりもさらに動きのキレが増しているような気さえする。

俺は剣でガードしようとするが、追いつけない。

だがここまでは予想通り、ちゃんと対策もしてきている。

「っ!!」

――パァンッ!!

木刀の先がわき腹を強《したた》かに打ち付けようとした瞬間。

俺の服が破裂して、いきなり黒い液体が飛び出した。

突然のことに驚いた姉さんは、とっさに飛び退いてそれを回避する。

彼女は顔つきを険しくすると、厳しい目をこちらに向けた。

「……何が起きた?」

「服の中に、ちっちゃい爆弾みたいなものを仕掛けておいたんだ。衝撃に反応して、インクを飛び散らせるようにしてある」

そう言うと、俺は黒い丸薬のような物体を取り出した。

それを地面に叩《たた》きつけると、たちまちパンッと景気のいい音がして弾《はじ》ける。

バーグさんから譲り受けたアイテムの一つだ。

姉さんが狙《ねら》ってくる場所はだいたい同じだから、あらかじめそこにこいつとインクを仕込んでおいたのだ。

人よりはるかに勘の鋭い姉さんなら、異変を察知したら即座に退くと予想して。

「妙な小細工をしおって……。言っておくが、そんなもので勝てるほど私は甘くないぞ！」

「知ってるよ。だから、小細工じゃない方法も考えてる」

黒剣を構えなおし、炎の魔力を込める。

たちまち剣身が赤熱し、紅の炎を発し始めた。

俺がこのラージャに来てから身に着けた新しい力。

魔法と剣技の融合、魔法剣だ。

「……ほう、面白《おもしろ》そうではないか」

「ああ。ここからだよ、姉さん！」

果たしてこの勝負、俺と姉さんのどちらが勝つのか。

俺の実力と修行の成果が試されるときが来ようとしていた。


―○●○―

「はあぁっ！」
赤熱し、炎を噴き上げる黒剣。
振るわれるたびに火の粉が舞い、轟轟《ごうごう》と音を響かせる。
その猛攻を、姉さんはただの木刀で見事に防ぎ切っていた。
さすがは剣聖、武器の差を技量で完全に埋めている。
木刀をへし折られないために、こちらの力のほとんどをうまく受け流しているのだ。
しかし、攻め手がないのもまた事実のようだった。
最初の一撃以降は、ほとんど受けに徹している。
どうやら、俺がまだ何か仕込んでいるのではないかと警戒しているようだ。
──よし！　上手《うま》いこと姉さんの一撃必殺を封じている！
姉さんを攻略するうえで最も厄介なのは、超神速での踏み込み攻撃だ。
東方の抜刀術を参考にしたというその技は、俺の対応可能な速度をはるかに上回る。
最初の仕掛けでこれを出してこないように誘導できたのは、非常に大きかった。
それ以外ならば、どうにか俺でも対応はできるのだ。
「けど……！」
こちらとしても、予想以上の技量を発揮する姉さんを相手に攻めきれなかった。
炎の魔法剣で木刀の消耗を狙っているが、真空を纏《まと》うことで上手く熱を防がれている。

このままだと、木刀が焼け折れる前に俺の体力の方が尽きてしまいそうだ。

剣の熱が顔に伝わってきて、額から汗が噴き出してくる。

「身体が温まってきたか、ノア！」

「……ああ、十分に！」

「ならば、これに耐えてみせろ！」

姉さんの動きが、一段速くなった。

――ズゥンッ、ズゥン!!

お、重い！

攻撃の鋭さと威力が大幅に増して、受けているだけで手が痺《しび》れそうになってくる。

おいおい……あの細い腕の一体どこにそんな力があるんだ!?

巨人の拳《こぶし》でも受け止めているかのような感覚に、たまらず抗議したくなってくる。

この人、本当に俺たちと同じ体の構造をしているのか？

「ぐっ！」

「このまま押し切ってやろう！」

堪《こら》え切れず、徐々にではあるが後退していく俺。

やがて背中に闘技場の壁が迫ってきた。

まずいな、このままだと逃げ場がなくなる……！

「ジーク!!」

「踏ん張れ！　負けるんじゃねえぞ！」

「頑張ってください！」

俺の危機を察知して、観客席から次々と声援が飛んでくる。

みんなのためにも、ここは負けられない！

俺はとっさに炎の魔力を引っ込めると、それを盾の形に変換した。

クルタさんから学んだ無刀流の応用である。

それに角度をつけて、姉さんの斬撃を弾き返《かえ》す。

――カァンッ！

攻撃を弾かれた姉さんは、ほんの一瞬だが体勢を崩した。

――ふわり。

そのすきに軽業師《かるわざし》よろしく空中へと飛び出し、俺は姉さんを頭上から斬《き》りつけようとする。

「甘いっ！」

しかし、さすがは剣聖。

姉さんは一瞬で元の状態へと復帰を果たすと、斬撃を軽々と受け止めた。

俺はそのまま空中で一回転すると、姉さんの後方へと着地する。

「ああ、惜しい！」

「やっぱりただもんじゃねえな、あの姉ちゃん」

「大きな隙《すき》を作るのは、かなり難しそうですね……」

姉さんの驚異的な能力に驚愕《きょうがく》するクルタさんたち。

けれどこの程度は、十分予想の範囲内である。

こんな方法で倒せるぐらいなら、俺だって苦労はしないからな。

「……さすが姉さん。やっぱりすごいや」

「私の剣を止めたいなら、五感のすべてをいきなり奪うぐらいしてみせろ」

「そりゃ、いくらなんでも無理だよ」

軽口をたたき合いながら、互いに距離を取って剣を構えなおす。

緊迫した空気が、地下闘技場に満ちた。

感覚が研ぎ澄まされ、産毛《うぶげ》をなでるわずかな空気の揺らぎさえ感じ取れる。

「……ねえ、姉さん。あの技を出してくれない？」

「ん？」

「前に見せてくれた奥義だよ。俺もここまで頑張ったんだ、出すに値しないとは言わせない」

姉さんの眼をまっすぐに見て、告げる。

すると彼女は、ふむとうなずいてしばし逡巡《しゅんじゅん》した。

そして、今日一番の笑みを浮かべて言う。

「良かろう。我が奥義で散るがいい」

剣を高く構える姉さん。

それと同時に、身体から青白い炎のようなものが溢《あふ》れ出した。

剣気だ。

極限まで練り上げられた気が、実体化しているのである。

「……来た」

姉さんの身体から溢れ出した気が、三体の人型を形作った。

やがて人型の造形は緻密《ちみつ》になり、姉さんと見分けがつかないほどそっくりに変化していく。

――四神の剣陣。

姉さんがここぞというときにのみ使う、対人戦において最強の奥義だ。

剣気を用いて四人に分身し、手数で敵を圧倒するのである。

しかも、恐ろしく厄介なことに四人に対して同時に攻撃しなければまともにダメージが入らない。

「光栄に思うといいぞ、ノア！　私がこの技を出すことはほとんどないからな！」

「そうだね。見せてくれてありがとう、姉さん」

「感謝するのはいいが、この技を出した以上は私に負けはないぞ。四人の私に同時攻撃をすることなど、一人では不可能なのだからな」

そう言うと、四人同時に高笑いをする姉さん。

彼女は再び剣を構えると、俺の周りをゆっくりと回り始めた。

そして一気に攻撃を仕掛けてくる。

「これで終わりだ！」

四人になったことで、攻撃の速度や精度はかなり落ちていた。

だが当然のことながら、四方からの同時攻撃など一人で受けきれるものではない。

……以前までの俺ならば！

「そりゃあああっ！」

魔力を刃《やいば》に変えて、投げる。

ニノさん直伝の投擲《とうてき》術によって放たれたそれは、迫りくる姉さんと分身に向かって正確に飛んだ。

しかし、こんな攻撃が通用するほど甘くはない。

姉さんと分身はあっさり攻撃を回避すると、四人同時に切りかかってくる。

だがその瞬間、先ほど放った刃が大きく弧を描いて戻ってきた。

これが、ニノさんから習得した技の凄いところである。

姉さんはいともたやすくこの攻撃も回避するが、ほんの一瞬だけ隙ができる。

「せやあっ！」

「ふ、甘いぞ！　そんなもの効くか！」

俺が放った魔法剣を、姉さんとその分身はそのまま弾き返した。

しかしその間に俺は高く飛び上がり、どうにか姉さんと分身たちから距離を取る。

分身したことで姉さんの能力はかなり落ちているが、それでも一本取るのは難しいな。

注意が分散すれば、チャンスはあると思ったのだけど……。

「ジーク、負けるんじゃない！　僕が見てるから！」

「耐えろ、耐えるんだ！」

「集中して見極《みきわ》めるんです！　勝てます！」

再び大声援を送ってくれるクルタさんたち。

もちろんだ、ここで負けるわけにはいかない！

たった一撃。

それを入れるためだけに、俺は全神経を研ぎ澄ます。

時間の感覚が引き延ばされ、フル回転する頭がわずかに痛む。

そして――。

「……よし」

「ほう？　何か思いついたな？」

不敵な笑みを浮かべる姉さん。

四人の声が共鳴し、何とも不気味な響きだ。

しかし、俺は構うことなく剣を高く掲げる。

全身の魔力を練り上げ、剣身に流し込む。

たちまちのうちに剣は赤熱し、やがて白く輝き始めた。

「愚かな。威力を上げたところで、受け流すのみ」

「それはどうかな?」

全身全霊の力を込めて、剣を振り下ろす。

魔力を帯びた斬撃が弾け、四方八方に飛んだ。

姉さんとその分身は危なげなくそれを回避するが、これだけでは終わらない。

斬撃はそのまま闘技場の端まで到達すると、魔法障壁に跳ね返されて戻ってくる。

「やるな、しかし先ほどと同じではないか!」

余裕をもって攻撃を回避すると、がっかりしたような顔をする姉さん。

しかし、先ほどの投擲攻撃と今回の攻撃では性質がまったく異なっている。

今回の攻撃は――。

「どりゃあっ!!」

魔力の盾を作り出すと、自分に戻ってきた斬撃を弾き返した。

これが、先ほどの投擲攻撃とは異なる点である。

盾を使うことで、自分に戻ってきた斬撃をもう一回跳ね返すことができるのだ。
魔力の刃を投げる方式では、こうはいかない。
「なに⁉　もう一回曲がった！」
これに驚いた姉さんは、わずかにだが判断が遅れた。
――今しかない！
俺はここで、最後まで取っておいたバーグさん特製の投げナイフを取り出した。
姉さんはとっさにそれを弾くが、それと同時に仕掛けられていた炸薬《さくやく》が破裂する。
煙が広がり、視界が塞《ふさ》がれた。
普段の姉さんならば絶対にすることのない、ごく初歩的なミスだ。
「うおおおおおっ‼」
全身全霊の力を込めて、最速の突きを放つ。
頼む、当たってくれ！
俺の祈りとともに放たれた一撃は、防御に回った姉さんの剣のわずか上をすり抜けた。
――カンッ！
剣の切っ先が、姉さんの鎧《よろい》に当たった。
それと同時に分身たちがポンッと軽い音を立てて消失する。
……やった、一本入れた！

あの姉さんを相手に、俺……やったぞ！

身体の奥底から湧《わ》き上がってくるさまざまな感情。

喜びのあまり、俺は天高くこぶしを突き上げた。

そしてその場で、意味もなくクルクルと回る。

嬉《うれ》しさが爆発《ばくはつ》するとはまさにこのこと、躍動する感情を抑えきれなかった。

「……なぜだ？」

「え？」

「攻撃を当てたところまではいい。だがどうして、私が本物だとわかった？」

悔しげな表情をしながら、こちらを見つめる姉さん。

確かに、姉さんは四人に分裂していたのだから攻撃が当たる確率も単純に考えれば四分の一でしかない。

渾身《こんしん》の攻撃をしたところで、分身に当たればまったく意味がないのだ。

けれどそれは、あくまで確率論。

どれが本物の姉さんかだなんて、俺には——

「俺は姉さんの弟だよ？　本物と分身の違いなんて、すぐにわかるさ」

「な、なに⁉」

「あくまで何となくって感じだけどね。弟の勘」

俺がそう言うと、姉さんの顔がにわかに赤くなった。

彼女はしばらくぶつぶつとつぶやいたのち、急にこちらに振り向いて言う。

「う、嬉しいがそんなの無効だ！」

「無効⁉」

「そうだ。そんな運に頼ったやり方など、無効だ！」

そう言うと、姉さんはバシッと人差し指を突き付けてきた。

いやいや、そんな無茶苦茶な！

さすがの俺も、その暴論には納得しかねた。

クルタさんたちも同様のようで、少し驚いた顔をしている。

「姉さん、そりゃいくら何でもないですよ。だいたい、姉さんだってしょっちゅう勘を頼りに行動してるじゃないか。運も実力の内だっていうし」

「それでもだな……！」

戦闘中の威厳ある姿はどこへやら。

姉さんは急に駄々っ子のようになって、盛大にごね始めた。

顔を真っ赤《まっか》にして、感情を抑えきれない様に足をじたばたとさせる。

行動がまるっきりお子様だ。

……姉さん、そんなに俺と一緒に帰りたかったのか？

剣聖の称号におよそ似つかわしくないその姿に、俺はたまらず首を傾《かし》げた。

姉さんのわがままにも、まったく困ったものである。

しかし、何はともあれ――。

「勝てて良かった、本当に。みんなもありがとう！」

俺は心底ほっとして、そう言うのだった――。


―○●○―


「まさか、本当に剣聖に勝っちまうなんてなぁ……」

観客席から降りてきたロウガさんが、実にしみじみとした口調で告げた。

剣聖といえば、大陸では知らぬ者のいない最強の象徴。

様々な策を弄《ろう》したとはいえ、それに勝った意味は大きいのだろう。

クルタさんたち三人も、まんざらでもないような顔をしている。

「一緒に修業をした甲斐《かい》があったねぇ。絆《きずな》の勝利ってやつだ」

「私はジークとそこまで親密なわけではありませんけどね。あくまで、お姉さまを助けてくれた恩に報いただけです」

「俺の盾術も最後に役立ったみたいで、ほんとに嬉しいぜ」

「ええ、ロウガさんの技がなかったらどうなっていたことか。他のみんなも、ありがとうございます！」

俺はもう一度、三人に向かって深々と頭を下げた。

姉さんに勝てたのは、半分以上はクルタさんたちの力のおかげだ。

アイテムを譲ってくれたバーグさんにも、後で何かしらお礼をしておかないとなぁ。

メイン武器は既にあるから、サブ武器でも買ってみようか。

「……さてと。姉さんも、そろそろ拗《す》ねるのやめてくださいよ」

そう言うと、俺は闘技場の端に座り込んでいる姉さんの方を見た。

背中を丸くして、地面に意味もなく砂山を作っているその姿はとても大人とは思えない。

完全に、いじけている子どもそのものである。

「……ノアが帰ると言うまで、私はここを動かないぞ」

「そんなわがまま言わないでくださいよ、ほら」

俺は姉さんの顔の前にそっと手を差し出した。

すると姉さんは、ゆっくりと顔を上げて俺の眼をまっすぐに見据える。

その表情は弱々しく、とても寂《さび》しげなものだった。

もはや剣聖というよりは、どこにでもいる一人の乙女のようだ。

「……ノア。お前はもう、私を必要としていないということか？」

「え？」

「今まで私は、お前を強くしようと厳しいことばかり言ってきた。だから、十分に強くなったお前は……もう、こんな厳しくて口うるさい姉さんとは一緒にいたくない。だから家には帰らない。そういうことなのだろう？」

言葉を途切れさせながら、消え入りそうな口調で語る姉さん。

その潤んだ瞳《ひとみ》から、ぽたりぽたりと大粒の涙がこぼれ落ちる。

姉さん……今までそんなことを思っていたのか。

俺はあまりに弱々しいその姿を見て、たまらずその背中を後ろから抱きしめる。

「なっ！　きゅ、急に何を……！」

「俺と姉さんは、血は繋《つな》がってなくても家族じゃないか。一緒に居たくないわけないだろ」

「そ、そうか。ならば……！」

「けど、いつかは自立しないといけない。俺の場合、そのいつかが今なんだと思う」

「自立……」

一瞬明るくなった姉さんの顔が、再び暗くなった。

理由はどうあれ、俺と離れるということが寂しくて仕方ないらしい。

ううーん、これは一体どう言えばいいものか。

姉さんと一緒に実家に帰るわけにも行かないし。

俺はクルタさんたちに助けを求めようとするが、彼女たちも同様に困った顔をする。

「……そうだ。だったら姉さん、好きな時に俺に会いにくればいいんだよ」

「ん？」

「姉さんの足なら、実家からここまで大した距離じゃないんだろ？　だったら最初は週に一回ぐらい会いに来て、慣れたら回数を減らしていけばいいんだよ」

「ああ、そうか。私が動けばいいのか！」

ポンッと手を叩く姉さん。

彼女は会心の笑みを浮かべると、そのままゆっくりと立ち上がる。

こうして鎧に付いた砂を払う頃には、剣聖としての威厳をすっかり取り戻していた。

良かった、いつもの姉さんだ。

腰に手を当てたその姿からは、先ほどの弱気さは微塵《みじん》も感じ取れない。

「ノア……いや、ジーク。お前がここに残って冒険者をすることを、姉として認めよう。もう連れ戻すとは言わない、他の姉妹《しまい》にも黙っておく」

「おお！　ありがとう、姉さん!!」

「最初に約束したことだからな。途中で取り乱してしまったが……守らせてもらう」

よし、これでライザ姉さん公認だ!!

俺がガッツポーズをすると、すかさずクルタさんたちが近づいてくる。

「やったじゃないか！　これで、まだまだ一緒に冒険できるね！」

「ええ！　この際ですし、クルタさんもうちのパーティに入ったらどうですか？」

成り行きで、姉さんとの決闘にも参加してもらったけど……。

クルタさんって、まだ俺たちのパーティに正式に所属しているわけではなかったんだよな。

もう実質的に仲間だけれど、きちんとした区切りは必要だ。

「おお！　いつ切り出そうかと思ってたけど、君の方から誘ってくれるとは！　もちろんいいよ」

「ありがとうございます」

「ジーク、ぐっじょぶです！　最高にいい仕事をしましたね‼」

俺以上に喜び、その場を飛び跳ねるニノさん。

クルタさんのことをすごく慕ってたもんなぁ、そりゃ嬉しいか。

俺が微笑ましい気分になっていると、スッとクルタさんが距離を詰めてきた。

そしてさらりと腕を絡《から》ませようとしてくる。

だがその瞬間――。

「ごほんっ‼　あらかじめ言っておくが、ジーク。私はあくまで冒険者として活動することを許可しただけであって、不純異性交遊を許したつもりはないからな？」

「や、やだなぁ！　そんなつもりはないよ！」

「ええ。クルタさんとはあくまで仲間ですから」

「その、平然としたトーンで言われるのもちょーっとなぁ。僕ってそんなに色気ないかな……」

何故《なぜ》だかよくわからないが、急にテンションが下がってしまったクルタさん。

あれ、何か気に障るようなこと言っちゃったかな……？

俺が動揺していると、姉さんがゴホンゴホンと咳《せき》ばらいをする。

「あー、とにかくだ！　もし勝手に彼女を作ったりしたら、次こそ本気で叩き潰《つぶ》すからな！　今日のように勝てるとは思うなよ！」

「う、うん！　わかったよ、姉さん」

「うむ、冒険者生活を大いに楽しめ。せっかく家を出たんだ、広い世界を知って大きく育つんだぞ！　もっともっと強くなるんだ！」

「はい！」

こうして俺は、晴れてライザ姉さんに冒険者として活動することを認められた。

よーし、これでまだまだ冒険を続けられる！

もちろんライザ姉さんだけじゃなくて、他の四人からも許可を取る必要はあるけれど……。

ひとまず、冒険者生活最大の危機を乗り切った俺は、ほっと胸をなでおろした――。


――○●○――

それから約一週間後。

いつものようにギルドへと向かった俺は、大通りでライザ姉さんとばったり出くわした。

いつでも会いに来ていいとは言ったけど、ずいぶん早いな。

あの後、すぐに実家へ戻ったはずなんだけど。

ヒュドラの時も思ったけど、信じられない移動速度だなぁ。

「姉さん、もう家まで行って帰ってきたんですか⁉」

「ああ。お前の顔が早く見たかったからな」

「へぇ……。さ、さすがにちょっと過保護な気もしますけど……」

「お前の周りには変な虫がいっぱいいるからな。警戒して当然だ」

やけにムスッとした様子で告げる姉さん。

別にそんな変な人、周りに居なかったと思うんだけど……。

というか、今日の姉さんはやけに荷物が大きいな。

いつもとは違う、荷運び用の大きなマジックバッグを背負っている。

あんなの、引っ越しのときぐらいしか使わないもののはずだけど。

「それより姉さん、これから長期の仕事にでも行くんですか？」

「ん？　どうしてだ？」

「だって、荷物が滅茶苦茶《めちゃくちゃ》デカいじゃないですか」

「ああ、これか。私もこの街に家を買ったからな、引っ越しだ」

……………家？

あまりにも不穏な言葉に、俺の背筋が凍り付いた。

この人、まさか……‼

「姉さんもしかして、この街に住む気ですか？」

「ああ。すべてとはいかないが、月の半分はこっちで暮らすつもりだ」

「……………うん。俺、姉さんのことをまだまだ甘く見てた」

姉さんの圧倒的な行動力に、思わず呆然《ぼうぜん》としてしまう俺。

こうしてラージャの街に、新たな住人が増えたのだった――。

エピローグ

第二回お姉ちゃん会議

ウィンスター王国の王都ベオグラン。

その中心、王城からもほど近い一角に姉妹の屋敷はある。

国の重役を担う貴族たちが、互いに競い合うようにして建てた豪奢《ごうしゃ》な建築物の数々。

その中にあってなお大きく見える館に、今日は姉妹たちが集っていた。

ノアの行方《ゆくえ》について、情報交換をするためである。

しかし――。

「ライザが来ない？」

眉《まゆ》を顰《ひそ》め、怪訝《けげん》な顔をするアエリア。

ライザは姉妹の中でも、ここ最近は最もノアと接していた人物である。

当然ながらノアへの思いも強く、この会合を欠席するとはあまり思えなかった。

「私も休むって聞いた時は驚いたんだけどね。何でも、ラージャの冒険者ギルドから依頼をされたらしいわ。それでしばらく向こうに滞在するって」

「ライザは冒険者ではないでしょう？　断ることは簡単なはずですわ」

「結構重要な依頼だったみたいよ。何でも、魔族がらみだったとか。ライザ姉さんは人がいいから、泣きつかれたら断れなかったんでしょ」

やれやれと両手を上げげながらため息をつくシエル。

ライザは表向き、厳格な性格の剣聖として通っている。

けれど実のところ、お人好《ひとよ》しで強く頼まれたら断れない性格だった。

加えて、かなりの脳筋で騙《だま》されやすいところもある。

「そういえば、私のところにもライザ姉さまから連絡が来てましたね。ラージャでヒュドラが出たって」

「む、それは聞いてないわね。ほんと？」

「ええ、もちろん。聞くところによれば、ラージャを根城にしていた魔族が自らを犠牲に呼び出したのだとか。これは良からぬことが起きるという神からの啓示なのかもしれません」

「ふぅん。それだと、ここへ来られなくてもしょうがないか」

あっさりとした口調で言うシエル。

一方、アエリアとエクレシアは表情をにわかに険しくした。

「……神様は置いておくとして。ヒュドラなんて大物、魔族でも簡単に呼び出せるものじゃないですわね。普通でしたら、国が滅びてもおかしくありませんわよ？」

「ヒュドラは怖い。一大事」

青い顔をして、身を小さくするエクレシア。

アエリアの方も、彼女ほど露骨ではなかったが緊張した面持ちだ。

他の三人と違って、エクレシアとアエリアの二人は目立った武力は持ち合わせていない。

襲われても自身でどうにかできるシエルたちとは、恐怖の感じ方が大きく違った。

「こうなってくると、ノアが心配ですわね……。フィオーレの情報網を使って調べたのですが、どうやら国を出て西へ向かったようですし」

「まずいわね。私が教えた属性魔法じゃ、ヒュドラの相手は厳しいわ」

「私の光魔法でも……恐らくは……」

言葉を詰まらせるファム。

ノアには聖女である彼女自ら、一通りの光魔法を教えてある。

たとえ悪《あ》しき存在に襲われたとしても、よほどの相手以外は撃退できるはずだ。

しかし残念なことに、ヒュドラはこの「よほどの相手」にばっちり含まれていた。

剣術の腕やほかの属性魔法の腕を考慮しても、対処は相当に困難だろう。

「こうなれば、誰《だれ》かが出かけてノアを探す必要がありそうですわね。何かが起きる前に」

「それなら、魔族に対応できるファムかシエルが良い」

「ええ。私やエクレシアでは、残念ながらいざという時にノアを守れませんわ」

「……こうなったら、聖女勅令《ちょくれい》を出して聖軍を招集いたしましょう。これで大陸西方を抑えれば、魔族が現れても万全です！　それに、聖軍の数をもってすればノアもすぐに見つかることでしょう！」

「ファム、それはさすがに大げさすぎますわよ」

聖軍というのは、聖女の名において召集される一大遠征軍である。

大陸各国から決まった数の兵力が徴集され、その総数は約二十万にも及《およ》ぶ。

これだけの数がいれば、ノアもすぐに見つかるであろうし、魔族が出ても対処可能だ。

しかし、これはいくら何でもやりすぎである。

「だいたい、聖軍なんて編成するのに一年はかかるじゃないの。そんなにのんびりしてる時間はないと思うわよ」

「……では、私が一人で参りましょう」

「それにしたって大変でしょ？　ファム姉さん、ここへ来るだけでも予定の調整ができないって言い続けてたじゃない」

もともとは週に一回ほどの頻度で開かれる予定だった情報交換会。

それが今に至るまで滞っていたのは、主としてファムの多忙が原因である。

同じ多忙でもアエリアが何とか週に半日は時間を捻出できたのに対して、ファムはそれすら困難であった。

それだけ、聖十字教団の聖女という立場は重いのだ。

本来ならば、聖堂を離れてこの場にいることすらおかしいほどなのである。

「私が行くわ。戦う力もあるし、身軽だしね」

「あら？　学院に出す論文が忙しいと言っていませんでしたか？」

「あんなの一週間で何とかなるわ」

「さすがですわね」

シエルの言葉に、素直に感心するアエリア。

並みの魔法使いならば、書くのに数カ月から一年はかかる論文である。

それをわずか一週間で何とかなると言ってしまうあたり、シエルの魔法の才は非凡であった。

「エクレシアも、シエルが行くのに賛成」

「私もそれがいいと思いますわ。ファムも能力は十分ですが、立場的に難しいでしょうし」

「……仕方ありません。シエル、あなたに神の御加護があらんことを」

「じゃあ、準備をしてすぐに出発するわ。アエリア姉さん、商会の魔法球でこのことを向こうのライザ姉さんに知らせてもらえる？　ライザ姉さんはライザ姉さんで、ノアの行方《ゆくえ》について何か掴《つか》んでるかもしれないし」

「かまいませんわ。すぐに向こうの支店経由で連絡させます」

こうして、賢者シエルの旅立ちが決まった——。

あとがき

読者の皆様、こんにちは。

作者のkimimaroです、本作をお手に取って頂きありがとうございます。

この作品の執筆を始めたのは、昨年の二月末のことでした。

新型ウイルスがじわじわと広がりつつあった頃で、社会全体がとても不気味な雰囲気であったことをよく覚えております。

当時、私は会社をやめて家で過ごしておりました。

次の職場はすでに決まっており、入社日までの間しばらく骨休めをするつもりでした。

当初の予定では旅行にでも行くはずだったのですが、情勢的にそれは断念。

家に籠りがちな状態となったのですが、そうしていると寂しさが募ってきます。

こうしてすっかり人恋しくなった私は、せめて作品中ぐらい賑やかに行こうと姉に囲まれた弟の話を考えつきました。

それが本作『家で無能と言われ続けた俺ですが、世界的には超有能だったようです』です。

イラストを担当してくださったもきゅ先生にはキャラクターが多いことで負担をかけてしまいましたが、おかげでかなり華のある絵が出来上がりました。

素晴らしいイラストを描いていただき、この場を借りてお礼を申し上げます。

特にお姉ちゃん会議の挿絵は、私としては大変気に入っております。

個性あふれる姉が一度に集まる様子は、非常に見応えがあるので是非ご覧になってみてください。

また今回の刊行に当たっては、いつも以上に関係者の方々にはご尽力いただきました。

幸いにも比較的余裕のある刊行スケジュールとなったのですが、それでもこの状況下での出版です。

緊急事態宣言の発令などもあり、本当に大丈夫なのだろうかと心配することもありました。

ですが皆様のおかげで、こうして無事に出版することができました。

篤く御礼申し上げます、ありがとうございました。

では最後に、二巻でまたお会いできることを祈りまして結びとさせていただきます。

二〇二一年　一月

ファンレター、作品の
ご感想をお待ちしています

〈あて先〉

〒106－0032
東京都港区六本木2－4－5
SBクリエイティブ（株）
GA文庫編集部 気付

「kimimaro先生」係
「もきゅ先生」係

本書に関するご意見・ご感想は
右の QR コードよりお寄せください。

※アクセスの際や登録時に発生する通信費等はご負担ください。

https://ga.sbcr.jp/

家で無能と言われ続けた俺ですが、世界的には超有能だったようです

発　行　2021年2月28日　初版第一刷発行
　　　　2022年7月14日　第三刷発行

著　者　kimimaro

発行人　小川　淳

発行所　SBクリエイティブ株式会社

〒106-0032
東京都港区六本木2-4-5
電話　03-5549-1201
　　　03-5549-1167（編集）

装　丁　AFTERGLOW

印刷・製本　中央精版印刷株式会社

ISBN978-4-8156-0886-6
Printed in Japan

GA文庫

第15回 GA文庫大賞
GA文庫では10代～20代のライトノベル読者に向けた
魅力あふれるエンターテインメント作品を募集します！
世界を書き換えろ！
イラスト／ファルまろ
大賞賞金300万円＋ガンガンGAにてコミカライズ確約！
◆募集内容◆
広義のエンターテインメント小説（ファンタジー、ラブコメ、学園など）で、日本語で書かれた
未発表のオリジナル作品を募集します。希望者全員に評価シートを送付します。
※入賞作は当社にて刊行いたします。詳しくは募集要項をご確認下さい。
応募の詳細はGA文庫
公式ホームページにて
https://ga.sbcr.jp/